OS CRISTÃOS

❋❋❋

Trilogia

OS CRISTÃOS

❋

Volume 1

O Manto do Soldado

❋❋

Volume 2

O Batismo do Rei

❋❋❋

Volume 3

A Cruzada do Monge

Max Gallo

OS CRISTÃOS

❋❋❋

A Cruzada do Monge

Volume 3

Tradução
Eloá Jacobina

Título original: *La Croisade du Moine*

Capa: Sérgio Campante

Editoração: DFL

2007
Impresso no Brasil
Printed in Brazil

CIP-Brasil. Catalogação na fonte
Sindicato Nacional dos Editores de Livros, RJ

M162c Gallo, Max, 1932-
A cruzada do monge/Max Gallo; tradução Eloá Jacobina. – Rio de Janeiro: Bertrand Brasil, 2007.
252p. : – (Os cristãos; v. 3)

Tradução de: La croisade du moine
Seqüência de: O batismo do rei
ISBN 978-85-286-1297-4

1. Bernardo, de Claraval, Santo, 1090 ou 91-1153 – Ficção. 2. Cristianismo – História – Ficção. 3. França – História eclesiástica – Ficção. 4. Romance francês. I. Jacobina, Eloá. II. Título. III. Série.

07-3990 CDD – 843
CDU – 821.133.1-3

EDITORA BERTRAND BRASIL LTDA.
Rua Argentina, 171 — 1º andar — São Cristóvão
20921-380 — Rio de Janeiro — RJ
Tel.: (0xx21) 2585-2070 — Fax: (0xx21) 2585-2087

"Conhece tua própria medida. Não deves te humilhar, nem te ensoberbecer, nem te esquivar, nem te reprovar. Se queres conservar tua medida, fica no meio. O meio é um lugar seguro; é a sede da medida, e a medida é a virtude. [...]

Avança pois com precaução nesta avaliação de ti mesmo. Sê intransigente contigo. Evita, quando se tratar de ti, o excesso de complacência e de indulgência..."

SÃO BERNARDO, *Sobre a consideração*

"Cuidemos para que o Senhor esteja primeiro em cada um de nós, e depois em todos nós juntos: Ele não se recusará às pessoas nem à universalidade delas.

Portanto, que cada um primeiro se esforce para não estar em dissidência consigo mesmo."

SÃO BERNARDO, *Sermão da consagração*

"São Bernardo era indiscutivelmente um colosso; seria um homem de coração?"

CHARLES DE GAULLE, in *Les Chênes qu'on abat*
[Os carvalhos que os homens derrubam],
de André Malraux

SUMÁRIO

PRÓLOGO

"Bernardo pensava adquirir o melhor meditando e orando nas florestas e nos campos, sem ter outro mestre além dos carvalhos e da faias."

GUILHERME DE SAINT-THIERRY,
Vie de Bernard de Clairvaux [Vida de Bernardo de Clairvaux].

Eu sei, Senhor, minha vida neste mundo termina.

Já não sou Bernardo, abade de Clairvaux, que conheceu os reis Luís VI e Luís VII, o imperador Conrado III e que foi íntimo dos papas Honório II, Inocêncio II e Eugênio III.

Já não sou aquele que fez surgir da terra negra das florestas os muros brancos de mais de 150 abadias, filhas e netas da abadia-mãe de Clairvaux, filha, por sua vez, da abadia de Cister, em cujo portão bati num dia de 1112, ano em que fiz 22 anos, para ser admitido como noviço.

Não passo de um corpo em ruína que já não consegue soerguer os braços e cujas pernas estão pesadas como pilares quebrados.

Fico deitado, mãos cruzadas no peito, para tentar conter a dor que me devora tal como as chamas de uma fogueira.

No entanto, eu pensava conhecer o sofrimento.

Pois o fogo, desde que creio em Ti, Senhor, nunca deixou de arder em minha garganta e meu ventre.

Talvez tenhas querido assim para que eu não esquecesse que o homem é feito de carne mortal e me lembrasse de Teu martírio e, tentado a renegar-Te, eu gritasse: "Senhor, Senhor, por que me abandonaste?"

Mas eu nunca duvidei de Ti, sempre Te fui fiel.

Muitas vezes precisei ficar de cama, e mesmo sair da abadia e refugiar-me numa choupana distante das edificações, parecida com os alojamentos destinados aos leprosos nos cruzamentos.

Não queria que os monges, meus irmãos, me cercassem de compaixão e cuidados.

E depois, a doença me obrigava a não respeitar a regra de são Bento que eu exigira que fosse aplicada em nossa abadia de Clairvaux.

Ela diz:

"A ociosidade é a inimiga da alma. Portanto, os irmãos devem se dedicar, em períodos alternados, aos trabalhos manuais e à leitura divina... Da Páscoa até o começo de outubro, os irmãos sairão de manhã para trabalhar no que for necessário desde a primeira hora do dia até por volta da quarta hora. Da quarta até a sexta, eles se entregarão à leitura. Após a sexta hora, feita a refeição, eles descansarão em suas camas em completo silêncio... A nona soará mais cedo, cerca da oitava e meia hora. Daí até as vésperas, eles trabalharão no que houver por fazer. Se, por necessidade ou pobreza, os irmãos forem obrigados a trabalhar nas colheitas, não ficarão tristes, pois serão verdadeiramente monges, uma vez que viverão do trabalho de suas mãos, como nossos padres e os apóstolos."

Como eu poderia lavrar, podar, presa de um sofrimento tão grande, em jejum durante vários dias e tão esgotado que me acontecia não poder cumprir as obrigações da prece noturna?

Mas, Senhor, mesmo na dor mais extrema, Tu sempre me deste muita força para persuadir.

Lembro-me de Guilherme, um de meus amigos mais chegados, que foi padre na abadia de Saint-Thierry e, doente como eu, veio deitar-se em minha cela para partilharmos, como pão, nosso sofrimento.

Terei conhecido momentos mais felizes?

Ficávamos os dois imóveis e passávamos o dia todo a nos entreter com a natureza espiritual da alma e os remédios que as virtudes oferecem contra as doenças que são os vícios.

Guilherme dizia-me: "O mal de que sofres concorre para o meu próprio bem." Falando com ele eu esquecia o fogo de minha dor. Eu lia os Livros Santos para ele, explicava-lhe o Cântico dos Cânticos.

Ao cabo de alguns dias, o sofrimento não passava de uma brasa, e eu podia agir de novo, pregar em minha igreja, na abadia de Clairvaux, viajar, construir...

Não consigo mais nada disso.

Extenua-me cada palavra que pronuncio.

Quando quero abrir os olhos para ver a pedra branca e nua de minha cela ou descobrir a exuberância do verão, preciso reunir toda a minha energia como se tentasse realizar uma façanha.

E a luz logo me cega, o cansaço me abate, e eu abaixo as pálpebras.

Assim me advertiste, Senhor, de que não passo de uma folha amarelada que ainda retém por alguns instantes o seu pecíolo. Mas a seiva já não me irriga.

Eu não Te imploro, Senhor.

Minha vida foi longa: sessenta e três anos a partir de meu nascimento em 1090. E eu me lembro do que santo Agostinho escreve quando menciona essas gerações de homens que estão na terra como folhas na árvore. Eles se sucedem, uns brotam, enquanto outros morrem. A terra nunca despe seu manto verde, mas quem olha sob os ramos dessa árvore descobre que caminha sobre um tapete de folhas mortas.

Quando assim decidires, Senhor, eu me tornarei parte desse húmus.

Tu me concederás tempo para percorrer minha vida, antes que o vento me arranque do galho?

Tu me darás alento bastante para que eu possa descrever o que realizei desde o dia — para falar como Jó — em que me sacudiste, agarrando-me pela nuca, dobrando-me à Tua lei, quando de mim fizeste Teu alvo, cercando-me com Tuas flechas, trespassando meus rins e meu peito?

Tu me deixarás viver ao menos este mês de agosto que se inicia?

* * *

Eu gostaria de ainda poder celebrar, neste ano de 1153, o décimo quinto dia de agosto, o da Assunção, quando os anjos a Ti levam a Virgem Maria a quem eu tanto rezei.

Eu gostaria de que até lá a brasa que me queima se tornasse menos ardente para que eu me sinta em condições de ditar a um de meus irmãos como foi a vida que Tu me deste.

Mais tarde, outros talvez descubram Tua grandeza por meu intermédio.

Deixa-me falar, Senhor, é para Tua glória!

Ainda que em Tuas mãos eu não seja mais que uma folha que cai.

Sabe, Senhor, que não esconderei nada, de modo que as gerações futuras aprendam tanto com meus erros como com minhas obras.

Eu lhes falarei com humildade.

Eu lhes direi que, naquele dia de 1112 em que me tornei noviço na abadia de Cister, a fé já havia sido semeada neste país.

Ainda era preciso laborar, regar, vigiar para afugentar os pássaros que vêm tirar o grão na espiga ou os javalis que saqueiam as colheitas, mas, desde são Martinho, mais de sete séculos se passaram, os ídolos foram destruídos até nos vilarejos mais afastados.

Todos sabiam se ajoelhar diante de Ti nas mais humildes choupanas. O rei Luís VI e seu filho Luís VII reconheciam em Clóvis, seu ancestral, o primeiro soberano batizado do reino de França, e já fazia mais de seis séculos que, na catedral de Reims, são Remi marcara a testa do rei franco com o sinal da santa cruz.

Tornei-me monge de Cister portanto, quando os camponeses, os condes, os reis e os imperadores já Te temiam e veneravam.

Conheci os humildes e os poderosos.

Contra a cobiça dos reis e dos imperadores, defendi o poder do papa.

Repeti as palavras de um dos maiores, Gregório VII, que, treze anos antes de minha vinda ao mundo, fez o imperador Henrique IV humilhar-se diante dele, em Canossa: "O papa é o único homem do qual todos os príncipes beijam os pés. A ele é permitido depor os imperadores; ele não pode ser julgado por ninguém."

Eu Te servi, pois.

Criei as abadias filhas da de Cister; a primeira nasceu no coração da floresta de Clairvaux e tornei-me seu abade a partir de 1115; eu era tão jovem então: 25 anos apenas!

Com Tua ajuda, Senhor, fiz a regra ser respeitada por todos que me seguiram. Fiz os preceitos da vida monástica serem lidos tais como são Bento os ditou.

Vivi no poder que minha função de abade me conferia, mas também na humildade e no sofrimento físico.

E talvez tenhas ateado esta fogueira em meu peito e em meu ventre para que eu me sentisse mais humilde que o mais humilde dos leprosos.

Repeti o que diz são Bento:

"Que o monge manifeste sua humildade constantemente, até em seu corpo, ou seja, que em obra de Deus no oratório, no monastério, no jardim, em viagem, nos campos, em toda parte, quer esteja sentado, caminhando ou em pé, ele mantenha sempre a cabeça inclinada, o olhar voltado para o chão e, o tempo todo acreditando-se culpado, pense estar perante o terrível julgamento, dizendo incessantemente em seu íntimo: 'Senhor, eu não sou digno, pecador que sou, de erguer os olhos para o céu!'"

E eu dizia aos monges, em meus sermões, vendo suas cabeças tonsuradas, os ombros curvados dentro das túnicas brancas:

Erguei-vos pela humildade! Este é o caminho, não existe outro. Quem procura progredir de outra maneira mais depressa cai do que sobe. Só a humildade enaltece, só ela conduz à vida!

* * *

Jamais esqueci esta regra, e nunca acreditei, Senhor, que Tua vitória estivesse ganha, que bastava ver brotar os grãos semeados pelos mártires no solo da Gália, por são Martinho, o evangelizador, por Clóvis, o rei batizado, e por todos os que precederam, durante sete séculos, o momento de minha entrada para a abadia de Cister.

Sempre soube, Senhor, que a messe estava ameaçada, que era preciso continuar a desvendar novas clareiras, abrir caminhos de Tua fé na floresta.

Combati Teus inimigos.

Os infiéis tinham chegado até Poitiers em 732. Desde 638, eles reinavam sobre o túmulo de Cristo, em Jerusalém.

Rezei para que os cruzados que haviam libertado a Cidade Santa em 1099 — eu tinha 9 anos — fossem bastante corajosos para rechaçar os ataques das multidões que iam atacar as muralhas das cidades cristãs.

Tu me deste a força de pregar a segunda cruzada em nome do papa Eugênio III, que fora um dos meus monges. Em 31 de março de 1146, eu abri a boca em Vézelay, e os cruzados se multiplicaram ao infinito.

Também combati todos aqueles que, entre os que afirmaram ser Teus fiéis, os monges sem regra, os abades sem disciplina que de religiosos só tinham o nome e o hábito, escondiam o orgulho de Herodes sob a aparência de João Batista, e os que, pela razão humana, queriam compreender tudo o que Deus é.

Graças a Ti e diante de Ti, Senhor, dobrei o falso papa Anacleto II e o monge Pedro Abelardo, profano que pervertia seus discípulos.

Se Tu me deixares ainda um pouco de alento para falar durante este mês de agosto — o da Virgem Maria e, não tenho dúvida, o da minha morte —, não direi apenas de meus combates, mas também de meus sofrimentos, de minhas derrotas, das acusações proferidas contra mim.

Pois não me pouparam! Gritaram-me: "Um homem não pode condenar outro por um delito semelhante ao que ele mesmo cometeu. E, no entanto, foi o que fizeste, Bernardo, e tua conduta é ao mesmo tempo repleta de imprudência e de impudência! Abelardo errou, dizes? Seja. Tu, por que erraste? Conscientemente ou sem o saber? Se erraste conscientemente, és o inimigo da Igreja, a coisa está clara. Se erraste sem o saber, como serias o defensor da Igreja, quando teus olhos não sabem distinguir o erro?"

Eis o que me disseram, Senhor!

E me fizeram assumir muitas faltas.

Quando os cruzados vagaram pelas estradas de Jerusalém e perderam batalhas, disseram que eu era o responsável por suas errâncias e derrotas.

Esqueceram essa floração de abadias — cento e sessenta e sete — que, a começar por Clairvaux, desde as terras frias do Norte às mais quentes do Sul, ergueram seus muros austeros, brancos, despojados como o hábito do monge.

E assim me encontrei só, diante de Ti, com meu sofrimento, levado somente por minha fé.

Queria explicar isso, não para lançar um olhar complacente ou de nostalgia sobre minha vida, mas para dizer aos que me lerem: eis o que foi a vida de Bernardo desde o dia de seu nascimento em 1090 até o de sua morte em agosto de 1153.

Eis o que ele fez.

Mas somente Teu julgamento conta, Senhor.

Pouco me importa ter sido julgado pelos que chamam o Bem de Mal e o Mal de Bem, os que da Luz fazem as trevas e das trevas fazem a luz.

Preferi ouvir os murmúrios dos homens erguerem-se contra mim do que contra Ti, Senhor.

Tomei a mim e de bom grado as reprovações e as blasfêmias para que elas não Te atingissem.

Achei bom, Senhor, que tenhas querido utilizar-me como escudo. Mas, pensando assim, talvez eu também tenha pecado por vaidade. Talvez eu tenha querido arrogar-me um papel maior e mais digno do que o que me coube verdadeiramente.

Queria tentar saber isso, fazer as contas antes de comparecer diante de Ti que tudo sabes, que julgarás, que já julgaste.

Aqui estou eu em Tuas mãos, Senhor.

O verão triunfa no sufocante calor de agosto.

Ouço o trovão ribombar ao longe.

Detém o vento por alguns dias mais, Senhor, antes que ele sopre forte e me arranque da árvore da vida neste mundo.

PRIMEIRA PARTE

UM

Eu nasci na suave beleza da primavera da Borgonha, no ano de 1090.

Enquanto minha vida se vai, tenho diante dos olhos as colinas coroadas de castelos com suas pontes levadiças, as choupanas dos camponeses com telhados de colmo, aglomeradas no pé das altas muralhas de pedra ocre.

Foi num desses castelos, o de Fontaine-lès-Dijon, que vi a luz do dia.

Pouco depois, conheci o de Châtillon-sur-Seine em que meu pai, Tescelin, o Ruivo, vassalo do duque de Bourgogne, era encarregado da defesa.

Ouço as ordens que ele dá aos homens de armas. Escuto os latidos dos cães. Sinto o odor de lama, de esterco e de purina misturados, que se expande pelos cômodos escuros onde, nos dias de inverno, quando a bruma encobre o campo, eu brinco com meus cinco irmãos e minha irmã.

Minha mãe, Aleth, cuida de nós, mas meus dois irmãos mais velhos, Guy e Geraldo, e os três abaixo de mim, André, Bartolomeu e Nivard, estão destinados, bem como eu, ao serviço das armas. Nós escapamos prazerosamente à vigilância materna para alcançar o pátio, nos engalfinhar, admirar os sargentos de armas que golpeiam repetidamente o manequim, evitando com agilidade a maça de ferro que o boneco faz girar toda vez que é atingido.

Durante toda minha infância, minhas noites eram assombradas por esse manequim impiedoso e ameaçador.

Às vezes, eu me refugiava aterrorizado junto de minha mãe que rezava em companhia de minha irmã Humbelina.

Muitas vezes me ajoelhei ao lado delas.

Meu pai se aproxima, põe a mão em meu ombro. Ela me parece pesada e levanto os olhos para ele, sempre surpreendido com sua cabeleira e barba ruivas.

Tenho a impressão de que seu rosto está rodeado de chamas. Não das devoradoras que fazem estalar as achas na alta e ampla lareira onde ficamos, às vezes, quando o frio é forte demais, mas daquelas que clareiam a sala onde nos sentamos todos em torno da grande mesa de madeira escura.

Meu pai juntava suas mãos fortes, rezava, e agradecíamos ao Senhor as fatias de carne, as peças de caça, as bolachas de trigo dispostas no centro da mesa.

Depois ele falava.

Ele era cavaleiro da linhagem dos condes de Runcy, aparentado dos duques de Bourgogne, que, por sua vez, descendiam dos Capeto. Os duques Eudes, depois Hugo II, reinavam como soberanos independentes na Borgonha; meu pai afirmava que eles rivalizavam em coragem e bens com o rei Filipe I da França.

Eu ouvia.

Hoje minhas recordações talvez se misturem como se amontoam desordenadamente as pedras de um castelo em ruínas.

Mas lembro-me de meu pai, Tescelin, o Ruivo, falando do conde de Montbard, pai de minha mãe, dizendo que, por isso, ela também descendia dos Capeto.

E, portanto, nós, filhos de Tescelin, o Ruivo e de Aleth, éramos de estirpe real, destinados à cavalaria.

Em tom solene, ele nos repetia o juramento de paz dos cavaleiros que devíamos aprender e respeitar:

"Não tomarei o boi, a vaca, o porco, o carneiro, o cordeiro, a cabra, o burro e a lenha que ele carrega, a égua e seu potro não domado. Não prenderei o camponês nem a camponesa, os domésticos ou os mercadores, não lhes confiscarei o dinheiro, não os obrigarei a pagar resgate, não os arruinarei tirando o que eles possuem a pretexto da guerra do senhor, e não os chicotearei para lhes tirar a subsistência."

Nós repetíamos palavra por palavra. Saberíamos ser cavaleiros misericordiosos.

Às vezes, monges vestidos de túnicas negras sentavam-se a nossa mesa. Contentavam-se geralmente com uma bolacha de trigo e recusavam a carne e o vinho.

Guardei os nomes das abadias de onde vinham ou para onde iam.

Falavam de Cluny, de Saint-Gall, de La Chaise-Dieu, de Montmajour, de Saint-Victor, de Lérins.

Meu pai ouvia, ficava surpreso com o número de comunidades.

Os monges contavam que mais e mais cristãos queriam viver sua fé longe das cidades onde a população aumentava, dos castelos onde, diziam eles, os cavaleiros esqueciam Deus e Suas exigências nas festas e nos prazeres.

Os monges elevavam a voz.

Indicavam a mesa, a carne, as peças de caça, as bolachas, as comidas, as bilhas cheias de vinho, e estendiam os braços para as tapeçarias que cobriam as paredes.

Diziam que as colheitas mais abundantes, as peças de ouro e prata que eram trocadas — muitas vinham de Bizâncio — levavam ao luxo e até à depravação. Que os novos tempos viam aumentar o número de homens. As florestas diminuíam por causa dos desmatadores. Surgiam cidades no meio das clareiras. Igrejas novas estendiam um manto branco do Norte ao Sul. Mas para que serviam elas — eles se indignavam —, se o cristão não respeitava mais os ensinamentos de Cristo, esquecia a humildade, a abstinência, às vezes até violava o sacramento do matrimônio? Se os jovens cavaleiros, em vez de se juntarem à cruzada que o papa Urbano II, um champanhês, acabava de pregar em 1095, dedicavam o tempo a seduzir as damas?

Os monges perguntavam se eram esses os novos tempos iniciados no ano 1000.

Minha mãe persignava-se. Meu pai dizia que a jovem cavalaria ouviu o apelo do papa e que ele mesmo quis se juntar à cruzada, porém seu senhor, o duque de Bourgogne, pediu-lhe que defendesse suas fortalezas, e ele obedeceu. Mas, se um dia o duque o desobrigasse do compromisso, ele partiria com os cinco filhos, pois o dever de um cristão era libertar o túmulo de Cristo que caíra nas mãos dos infiéis.

Mas também era preciso — diziam os monges — defender e manter a pureza da fé aqui. Por isso um número tão grande de rapazes, geralmente cavaleiros, preferia se retirar para dentro das florestas a fim de estar mais perto de Deus, de só ter por mestres as faias e os carvalhos e fugir a toda tentação.

Foi em torno dessa mesa, no castelo de minha infância, que ouvi pronunciar pela primeira vez o nome da abadia de Cister.

Na época, a história de sua fundação pareceu-me tão estranha como uma das fábulas que me contavam ou um sonho que minha mãe me narrava.

Ela dizia que, quando estava grávida de mim, tinha visto um cachorro de pêlo branco com manchas ruivas. Ele latia, mantinha a guarda e também curava os feridos e os doentes, lambendo-os.

Minha mãe Aleth consultou um monge que lhe explicou o sonho: a criança que ela carregava seria um protetor da Igreja, um pregador e um curador de almas, talvez até um fazedor de milagres, disse-lhe o monge.

Minha mãe narrou-me esse sonho inúmeras vezes e, ao evocá-lo, eu mergulhava numa espécie de beatitude.

Era o mesmo sentimento que experimentei ao ouvir um monge que nos visitava falar de Roberto, que fundara uma abadia na floresta de Molesmes, entre Chablis e Tonnerre. Depois, as oferendas afluíram à abadia, e os monges, corrompidos pela abundância, esqueceram pouco a pouco a austera regra de são Bento, e Roberto foi embora.

Então, à frente de uns vinte monges, Roberto de Molesmes instalou-se na solidão de uma floresta. O solo era pantanoso, cheio de juncos e *cistels* — donde o nome de Cister.

Nesse novo mosteiro, os monges se submetiam a uma rígida disciplina, mas logo Roberto foi chamado de volta por seus irmãos de Molesmes, e seu sucessor, Alberico, que dera prosseguimento a sua obra, colocou Cister sob a proteção do papa e definiu uma nova ordem chamada cisterciense.

A Virgem Santa, segundo o monge, aparecera a Alberico e pedira que os monges de Cister trocassem o hábito negro pela túnica branca.

À medida que ele falava, parecia-me que a lã negra de sua túnica também se tornava branca.

Nunca esqueci esse estranho momento de minha infância, que anunciava meu próprio destino.

DOIS

Brinco com meus irmãos Guy, Geraldo, André, Bartolomeu, Nivard. Atravessamos o pátio do castelo de Châtillon-sur-Seine que meu pai dirigia e defendia.

Metemo-nos por entre os cavalos adestrados que batiam os cascos. Guy, nosso irmão mais velho, apanha um escudo, põe um elmo na cabeça e nós nos lançamos atrás dele. Atravessamos a ponte levadiça brandindo os galhos que nos faziam as vezes de gládios.

Os filhos de camponeses, as mulheres e filhas, de corpos pesados sob as roupas sujas, o rosto cinzento de suor e poeira, os olhos arregalados, afastam-se apavorados.

Somos os filhos do senhor do castelo, Tescelin, o Ruivo.

De repente, meu peito parece cortado ao meio, da garganta ao ventre. Minha boca se enche de uma saliva ácida, o fôlego me falta, meus olhos se enuviam, minhas pernas se dobram.

Caio de joelhos na lama.

Minha cabeça está tão pesada, dói tanto que parece me arrastar como se quisesse descansar no chão.

Murmurei Teu nome pela primeira vez, Senhor.

Ele me veio à boca com a descoberta da fragilidade de meu corpo.

Carregaram-me até o quarto de minha mãe. Ela lavou meu rosto, estreitou-me contra si. Disse-me:

— Tu serás cavaleiro de Deus.

Mais tarde — mas essa lembrança só me veio agora, e eu a situo lá no âmago de minha infância, fora do meu tempo, porque, numa vida, as coisas acabam por se juntar e um círculo se fecha entre a criança sufocada, que sente dor e se espanta com a fraqueza que a invadiu, e o homem no fim do caminho que sabe que o corpo não passa de um invólucro de onde a alma um dia se evade —, mais tarde, pois, escrevi no sermão XXVI sobre o Cântico dos Cânticos:

Estamos aqui como guerreiros acampados, tentando conquistar o céu pela violência, e a existência do homem na terra é a de um soldado.

Enquanto persistimos nesse combate em nossos corpos atuais, continuamos longe do Senhor, isto é, longe da luz. Pois Deus é luz.

Minha mãe me tomou pela mão e ouvi os gritos de meus irmãos, que batiam no escudo com os galhos desfolhados.

Eu me viro. Vejo que eles lutam, perseguem uns aos outros, depois, ameaçadores, cercam um jovem camponês que foge.

Desde esse instante sei que não serei armado com a espada. Que a espada, o elmo e o escudo são pesados demais para mim. Que não gosto de tratar os homens, ainda que sejam meus inimigos, como caça.

* * *

Estou só, portanto, com minha mãe.

Vamos a um prédio comprido e baixo de contrafortes de pedra mais escuros que a fachada, onde os cônegos de Saint-Vorles ministram ensinamento.

Penso no monge que falou da fundação da abadia de Cister: seria um desses monges brancos?*

Minha mãe inclina-se para mim quando atravessamos a soleira da escola. Ela me diz que os mestres que ali ensinam são os mais próximos de Deus. São sábios. A maioria vem da escola episcopal de Langres. Outrora, o bispo Bruno de Runcy foi discípulo de Gerbert d'Aurillac, monge de Cluny, um erudito que se tornou papa com o nome de Silvestre II.

— Teus irmãos lutarão e perseguirão; quanto a ti, tu serás o defensor da fé. Aqui, aprenderás o manejo das armas do espírito e irás colocá-las, como todo cavaleiro, a serviço de teu Senhor. E o nome Dele é Jesus Cristo.

Com os cônegos de Saint-Vorles aprendo o que é esse Jesus a quem devo servir.

Leio a Bíblia latina e o saltério. Canto no coro da capela. Cada palavra, cada som que entra em mim é como um fruto saboroso. Ele me alimenta e me satisfaz.

Eu rezo. Eu leio. Eu canto. Eu rezo. Eu leio.

Lembro-me do cônego de cabeça calva que me ensinava o *trivium* — gramática, dialética e retórica — para dominar a arte da palavra, do raciocínio e da escrita. E de outro, tão magro quanto o primeiro, que me ensinava o *quadrivium* — matemática, geometria, música, astronomia. Esses dois mestres fizeram-me descobrir o mundo. Desde então, olhei o céu com outros olhos. Tornei-me outro.

* * *

---

* Monges cistercienses que usavam hábito branco. (N.T.)

Quando volto ao castelo, meus irmãos me rodeiam. Suas mãos estão esfoladas, as roupas geralmente rasgadas, as faces coradas.

Eles cavalgaram ao lado de meu pai. Caçaram, mataram cervos e javalis, foram golpeados pelos galhos das árvores enquanto galopavam, apesar de deitados no pescoço de suas montarias.

Eu os observo, ouço-os. Sinto-me mais velho que eles e às vezes até me parece que sou mais velho do que todos os homens de armas que encontro e ouço. Até meu pai, Tescelin, o Ruivo — que ele me perdoe! —, parece-me menos instruído do que eu sobre as exigências de Deus e, portanto, da realidade do mundo.

Eu li o que uns e outros ignoram: Ovídio e Cícero, Horácio e Virgílio.

Sei rimar e compor. Gosto de jogar com as palavras e os sons, e às vezes me preocupa o prazer que as palavras e os cantos me proporcionam. Será que sou como os monges da ordem de Cluny, que esqueceram a regra de são Bento, a austeridade e o rigor, embriagados com os jogos de espírito e de memória, com as riquezas de sua abadia, o brilho do ouro com que revestiram seus altares?

Eu me ajoelho: devo desconfiar também disso.

Devo obrigar-me à solidão e à pobreza, não me deixar levar pela dança das palavras e dos sons.

Penso então: habitar apenas contigo mesmo.

Mas aconteceu-me ser arrebatado pelo vinho capitoso do pensamento.

Mais tarde, Beranger, discípulo do tal Pedro Abelardo, que foi meu grande adversário, acusou-me de ter inventado, quando estudante, "cançonetas sedutoras e melodias profanas".

Ele me desafiou:

"Não está profundamente gravado em sua memória que você sempre se esforçava em suplantar os irmãos com invenções sutis e artificiosas e tomava por uma afronta ferina o fato de um deles replicar com a mesma audácia? Vai negar que compôs fantasias e frivolidades?"

Revolvi os escombros de meu passado. Encontrei entre os entulhos algumas lembranças de canções profanas, as de um rapaz que descobre que pode brincar com rimas e refrões.

Senhor, perdoa-me, mas sabes, porque não ignoras nada da vida e dos pensamentos dos homens, pois Teu olhar penetra todos os segredos, que renunciei àqueles jogos.

E devo-Te não me ter perdido naquele caminho.

Na noite de 24 de dezembro, nos meus sete ou oito anos, quando eu dormitava sentado numa cadeira, esperando a hora do ofício, vi, de repente, a Virgem Maria dando nascimento a Jesus.

Tu quiseste, Senhor, que eu tivesse essa visão.

O sino do ofício despertou-me. Minha mãe me levou à igreja para a celebração da missa da Natividade.

Tu me fizeste testemunha de Tua vinda ao mundo, Senhor. Desse dia em diante, senti-me ligado a Ti para todo o sempre.

Tornei-me cavaleiro servidor da Virgem Maria e Teu soldado. Eu não tinha necessidade do elmo, nem do escudo, nem da espada.

Mas eu não respondia às perguntas que meu pai e meus irmãos me faziam sobre a vida que eu desejava levar.

Eu só sabia uma coisa: eu era diferente deles e queria defender-Te, Senhor.

Ouço os cônegos que murmuram. Alguns monges vêm visitar meu pai.

Dizem que o imperador Henrique IV está se vingando da humilhação que o papa Gregório VII lhe infligiu em Canossa. Com a morte de Gregório, ele designou um antipapa, Clemente III.

Lembro-me de minha perplexidade: que significa a palavra *antipapa*? Pode haver dois príncipes à frente de Tua Igreja, senhor?

Os cônegos e os monges apóiam esse que chamam de legítimo e sagrado sucessor de são Pedro.

Aprendo, assim, que é preciso lutar por Ti, Senhor, e que o combate se desenrola também no seio da Igreja porque o homem é fraco. Mais tarde, ainda no sermão XXVI, escreverei:

Compreendeis, pois, como a Igreja é negra e como a ferrugem adere às almas. É o efeito, no acampamento, desse duro serviço guerreiro, dessa prolongada residência na desgraça...

Eu ainda não conhecia a palavra "desgraça".

Meu pai, quando monta seu cavalo que um pajem segura pelas rédeas, parece-me imortal.

Minha mãe nos reúne em torno dela. Pede que eu me aproxime. Sei que ela espera de mim uma vida exemplar. É por mim que ela zela primeiro, talvez porque adivinhe que minha cabeça é constantemente atingida por uma dor prolongada, que meu peito e meu ventre ardem, que engulo com dificuldade a comida que me oferecem. Ela se inquieta e acredito que estará sempre junto de mim.

É preciso pelo menos a metade de uma vida para saber que os seres amados se vão sem retorno e prosseguem suas existências longe de nossos olhos, junto do Senhor.

Eu estava apenas no limiar da minha, a cabeça recheada de versos latinos, de salmos, minhas noites povoadas de sonhos. Imagino os cavaleiros entrando em Jerusalém em 15 de julho de 1099. Primeiro na capela do castelo, depois na igreja dos cônegos de Saint-Vorles, celebram a libertação do Santo Sepulcro, a vitória da cruzada que Urbano II pregou.

Preciso ajoelhar-me, abaixar a cabeça, rezar pela cruzada dos pobres que os infiéis dizimaram, rezar pelos cavaleiros caídos nas batalhas em Jaffa, em Belém, rezar também por Urbano II, morto apenas alguns dias após a tomada da Cidade Santa.

Escuto um dos cônegos murmurar que talvez o pontífice tenha morrido sem nem ter sabido da boa nova.

E assim descubro que a escolha de Deus é mistério.

No meado de minha vida, eu diria:

— *Para castigar nossos pecados, o Senhor parece ter julgado prematuramente o universo, com toda eqüidade, claro, mas como se Ele se esquecesse de Sua misericórdia.*

Talvez eu tenha pensado nisso pela primeira vez em 1º de setembro do ano 1103, quando minha mãe nos mandou chamar em seu quarto.

Ela está deitada. Eu nunca havia visto seus cabelos soltos que cobriam as almofadas e a virada dos lençóis. Suas faces estão purpúreas. Gotas de suor perolam sua testa.

Em seguida, ela pede que nos afastemos.

São os padres que se aproximam carregando a cruz. Eles se ajoelham. Tomam-lhe a mão. Murmuram ao lado dela que não desvia os olhos de nós.

Eles começam a entoar os salmos e eu me junto a eles. Repetem:

— Por Vossa paixão e Vossa glória, libertai-a, Senhor!

Ela se persigna, estende a mão para mim, para nós, e seu braço cai.

Quando quero tocar sua testa, ela está petrificada.

Naquele dia, aprendi que o corpo mais amado torna-se matéria quando a alma se retira. E só a prece pode conter o sofrimento, só a ressurreição dos justos pode se opor vitoriosamente à dor de perdê-los.

Tenho treze anos.

Aleth, minha mãe, está morta. Não sou mais uma criança.

TRÊS

Olho-me no espelho que fica em frente à chaminé e reflete as chamas da lareira.

Muitas vezes vi os jovens, que formam com meus irmãos uma turma tagarela, pararem diante do espelho e fazerem poses desafiadoras com mão na cintura, os rapazes, ou as moças, a cabeça inclinada de lado.

Desviei o olhar, mas as risadas, o farfalhar da seda de suas roupas penetraram em mim como veneno.

Esperei que a sala se esvaziasse para me aproximar do espelho e ousar enfrentar minha imagem. Ela me parece nascer das chamas que oscilam em torno de mim.

Sou este rapaz esbelto, alto e louro, de barba um pouco ruiva, olhos azuis e pele clara.

Examinando meus traços, seguindo no espelho o movimento de minha mão que acaricia meu rosto sombreado de um tom ruivacento, senti um prazer de que ainda me recordo. Ele me perturba. Sei que ele me afasta de mim no mesmo instante em que me fecha em meu corpo.

Mas é um prazer muito forte para que eu consiga resistir a ele. É uma tentação que me transporta e, quando meus irmãos irrompem de novo na sala, rodeiam-me, exclamam que enfim me têm com eles e não mais prisioneiro de meus sonhos, eu tomei as mãos que me estendiam, deixei-me arrastar pela dança, cantei com eles, recitei tal qual eles pequenos poemas em que a senhora recebe com benevolência o jovem cavaleiro que a corteja.

Já não sou mais que um desses jovens corpos que o desejo da carne abrasa e corrompe.

Reconheço: esqueci por algum tempo os votos de minha mãe que eu adivinhava sem que ela os tivesse formulado.

Ela queria ser monja, mas cedo meu pai a desposara. Então ela desejara que seus filhos e sua filha se consagrassem ao serviço de Deus. Mas vira quatro deles montarem na sela atrás do pai e cavalgarem floresta adentro na caça a javalis, filhotes ainda, eles mesmos!

Ela morrera acreditando que seria eu quem realizaria seus votos. E agora eu também percorria as colinas a cavalo.

Ia de um castelo a outro, ouvia os tocadores de música e aplaudia os jograis. Descobria que o corpo das mulheres queima sem que o toquemos, como essas chamas flutuantes que dançam na lareira.

Olhei tão demoradamente a jovem mulher de rosto redondo, de ar um pouco amuado, cabelos louros puxados para trás, deixando ver o pescoço gracioso, a pele leitosa, que senti a queimadura.

Então parti do castelo, cavalguei até um lago. Mas a queimação ainda perdurava. Saltei da montaria e me atirei na água gelada.

* * *

Antes de voltar ao castelo de Châtillon-sur-Seine, tive a sensação de ter escapado à prisão do desejo, à recordação ardente do rosto de uma mulher e de seu mais mínimo gesto.

Pude ouvir os monges novamente, saber por um mensageiro deles que o rei Filipe I morrera nesse ano de 1108 e o filho, Luís VI, o Gordo, era seu sucessor no trono da França.

O mundo voltava a existir, como se a carne não tivesse passado de um tapume que me impedia de ver e ouvir o que acontecia a meu redor.

Um monge branco, um dos vinte que viviam em Cister, rosto magro, pele descorada, passos lentos, vinha pedir esmola, tamanha a miséria na abadia.

O abade Estêvão Harding, um inglês, sucedera a Alberico, morto em 26 de janeiro de 1109, e aplicava a regra com maior rigor ainda: trabalho manual, jejum, prece, austeridade. As cruzes não podiam mais ser de ouro nem de prata, mas de madeira, e os ornamentos, de linho e não de seda.

Eram tão pobres em Cister que era preciso mendigar. Mas isso ainda era melhor do que o luxo da abadia de Cluny, argumentava o monge. Um novo abade, Pons de Melgueil, acabava de se instalar em Cluny e não queria mudar nada nessa vida monástica que tanto se afastava da regra de são Bento.

— Mas quem — exclamou o monge branco —, quem tem coragem de se juntar a nós em Cister, a nós que estendemos a mão para não morrer de fome? Quem?

O próprio papa Pascal II, em luta contra o imperador germânico Henrique V, que pretendia se arrogar o direito de investir os bispos "pelo báculo e pelo anel", tirando desse modo a prerrogativa sagrada do sumo pontífice, desinteressava-se da abadia.

— O que somos nós nos confins da nossa floresta, nós, pobres monges cistercienses, quando o papa e o imperador estão envolvidos na querela das investiduras, quando os monges negros* de Cluny prosternam-se diante do ouro que reveste seus altares e bebem vinho fresco? O que somos nós? Um punhado de pobres, e ninguém vem bater à porta da abadia.

---

* Monges do mosteiro de Cluny que usavam hábito negro. (N.T.)

Ouvi a voz, mas a princípio não a escutei.

Tive medo da severidade da regra cisterciense?

Ou estaria eu mais tentado do que imaginava pela vida de caças e festas de um jovem senhor?

Eu, filho de Tescelin, o Ruivo, eu passara a ser recebido nos castelos do duque de Bourgogne, esquecendo a futilidade dessa vida. As moças me observavam com insistência, seus olhares acariciavam minha vaidade de homem perturbado pelo desejo que elas inspiram.

Uma noite, num desses castelos, enquanto eu dormitava, uma mulher meteu-se em minha cama. Senti sua pele na minha, mas continuei preso em meu sono, imaginando que se tratava de um sonho impuro.

Despertei no momento em que ela fugia, envergonhada.

Senti-me culpado por ter provocado sua audácia talvez com minha atitude.

Que demônio vivia dentro de mim? Como combatê-lo?

Pensei em deixar a Borgonha. Em Colônia, em Chartres, em Laon, foram abertas escolas.

Diziam que, em Paris, Guilherme de Champeaux depois de ter sido arcediago da escola canônica de Notre-Dame de Paris, criara um monastério de cônegos regulares em Saint-Victor, nas portas da cidade. Ali se ministrava o melhor ensino de toda a cristandade.

Ouvi alguns monges falarem da eloqüência de Guilherme e de um de seus jovens estudantes, Pedro Abelardo, cujo saber já igualava o de seus mestres.

Fiquei tentado a escolher o espírito e ir a uma dessas escolas que germinavam em nosso país tanto tempo envolto na noite pagã.

Mas hesitava.

Foram alguns anos de errância para mim. Estava esquecido do que aprendera e do que pensara ter decidido: tornar-me soldado do Senhor.

* * *

Continuei, pois, a levar uma vida inútil.

Uma outra moça, também iludida por minha aparência e provavelmente atraída por minha atitude, aproximou-se de mim, uma noite. Num impulso de desejo ela me arranhou as costas. Eu a rechacei.

Uma outra noite, uma castelã em cuja casa eu me hospedava entrou no quarto isolado que mandara preparar para mim. Temi sucumbir. Gritei como se ladrões me ameaçassem, e meus amigos acorreram, gládio em punho, procurando os bandidos.

Tinham tentado roubar apenas minha castidade.

Tenho vergonha dessas fraquezas.

Entrei na igreja da escola de Saint-Vorles onde assistira a tantas missas em minha infância.

Tive a impressão de que minha mãe ainda estava a meu lado e me lembrei da visão que tivera num dia 24 de dezembro, a da Virgem Maria dando à luz Jesus.

Compreendi de imediato que precisava renunciar às vaidades.

Como esquecera por tanto tempo essa resolução?

Agora, no fim de minha vida, compreendo melhor a origem de minhas digressões.

Porque somos carnais, é preciso que nosso desejo e nosso amor comecem pela carne.

SEGUNDA PARTE

QUATRO

Eu tinha vinte e um anos.

Era uma manhã de agosto de 1111. O calor estava tão forte, o ar tão pressago de tempestade que, cavalgando pelos campos, eu tinha a impressão de ser picado no rosto e nas mãos por agulhas incandescentes.

Meu cavalo empinara várias vezes como se quisesse me advertir, me impedir de continuar o caminho. Mas nada poderia deter-me.

Decidira ir de nossa fortaleza de Châtillon-sur-Seine ao castelo do sire de Grancey, que se havia rebelado contra o duque de Bourgogne, que o guerreava há vários meses.

Meu pai, Tescelin, o Ruivo, meus tios maternos, Gaudry de Touillon e Miles de Pouilly, e meus irmãos Guy, Geraldo, Bartolomeu, André, com exceção de Nivard, o mais moço, haviam perseguido o rebelde através dos campos.

Eu também participei dessa guerra, galopando pelas aldeias e povoados que os camponeses haviam abandonado, deixando nas choupanas apenas os cegos e os estropiados, e os cães raivosos que nos seguiam com seus latidos.

Às vezes, durante uma trégua, nós nos confrontávamos com os vassalos de Grancey em longos torneios, brandindo a lança e o gládio, o que me dava muito prazer e surpreendia os meus que sempre me acreditaram — como eu mesmo pensara e minha mãe dissera — incapaz de manejar as armas.

Consegui fazê-lo. E até venci. Meu pai me disse com orgulho:

— És da linhagem, Bernardo de Fontaines!

E meus irmãos me aclamaram.

Nessa manhã, porém, eu ia encontrá-los para comunicar-lhes que estava resolvido a deixar o mundo deles.

Nunca mais eu participaria, como cavaleiro, de um torneio ou de uma guerra. Encontrara finalmente o meu caminho, que me levava a uma abadia no coração da floresta.

Lá eu rezaria, lá eu dirigiria minha luta pelo Senhor.

De repente, a tempestade desabou, o vento vergou as árvores, quebrando os galhos mais frágeis, arrancando as folhas, açoitando meu rosto.

O temporal era tão denso que estalava como uma chuva de flechas batendo no parapeito.

O cavalo não quis avançar mais, ergueu bruscamente as patas traseiras, depois empinou relinchando, jogou-me no chão e fugiu a galope. Fiquei atordoado por algum tempo, empapado da chuva quente que grudava a roupa em minha pele.

Que podia fazer nesse campo deserto que a tempestade inundava? Ajoelhei-me, cobri a cabeça, deixando as gotas deslizarem pela minha nuca.

Lembrei-me da queixa de um monge branco de Cister que, de mão estendida, solicitava nossa ajuda e dizia que sua comunidade monástica estava ameaçada de desaparecer. Ele gemia desesperado.

— Quem nos sucederá, então? — lamentava-se.

Não escutei sua voz! Fora tentado pela carne — eu, o frívolo miserável — e até pela glória dos torneios e a embriaguez das festas!

Dobrei minha nuca mais baixo ainda e a tempestade martelou meus ombros e minhas costas.

Minha resolução estava tomada: iria bater à porta da abadia de Cister.

Mas o que pode um homem sozinho? Um cavaleiro solitário não ganha uma batalha. Ele precisa combater com seu clã, sua linhagem. Precisa reunir os vassalos em torno dele e conduzi-los como uma tropa ordenada, obediente. Cabe-lhe guiá-los.

Se eu fosse como desejara minha mãe, o cavaleiro do Senhor, deveria agir dessa forma: reunir meu clã e convencê-lo a me seguir, a entrar comigo para a abadia de Cister, torná-la uma fortaleza e, a partir dela, conduzir nossas batalhas por Deus.

Comecei a caminhar na chuva.

Se minha fé e minha resolução fossem fortes, então minha palavra e meu exemplo derrubariam todos os obstáculos, e os meus — meus irmãos, meus tios — me seguiriam. Eles constituiriam o santo exército de Bernardo de Fontaines, e seríamos invencíveis.

Não senti mais nem a fadiga nem a chuva.

No meio da noite, a tempestade tendo parado depois de muito tempo, o céu voltou a ser um sombrio dossel constelado de pontos de prata, eu atingi o campo que tinha sido preparado para fazer o cerco do castelo de Grancey.

Levaram-me para junto de meu tio Gaudry de Touillon que aquela noite assumia a vigília.

Entrei em sua tenda.

Ele estava deitado à maneira de uma estátua jacente, as mãos cruzadas no peito, a respiração fraca como um homem extenuado.

Sentei-me junto dele. Ele se soergueu murmurando que sempre que me via tinha a impressão de reencontrar o olhar de sua irmã Aleth, "tua santa mãe", disse-me.

Respondi que vinha falar-lhe dela, do que ela desejara para mim e que eu finalmente recordava. Ele precisava me ouvir.

Comecei.

As frases vinham como se as palavras já estivessem ligadas umas às outras em mim.

Eu ia entrar como noviço para a abadia de Cister. Minha decisão estava tomada, mas eu lhe pedia que se juntasse a mim, pois queria que a linhagem de minha mãe — a dos Montbard, que ele representava, e a minha, a dos Fontaines — me acompanhasse. Se fôssemos muitos a nos envolver, agiríamos sobre o mundo e, comparadas às batalhas que deflagraríamos por Deus, de que valeriam essas guerras e esses torneios entre senhores, esses cercos de castelos, essas rebeliões contra o duque de Bourgogne e os combates feitos em nome dele?

Eu falei. E, enquanto expunha minha convicção e minha decisão e as razões que as sustentavam, era como se as descobrisse ao mesmo tempo.

As palavras eram como um fogo que devora a floresta, uma chama que consome a montanha.

Sabia que persuadiria Gaudry de Touillon a ir comigo para Cister.

Ele se levantou. Mencionou de novo sua irmã Aleth.

— Há muito tempo que queria abandonar as armas — murmurou. — Tu disseste o que eu esperava.

Agradeci a Deus sem avaliar bem, nesse início de minha vida, o privilégio que Ele me concedera.

Depois, eu sei.

Depois, eu reconheci que *o Verbo veio em mim e com freqüência. Com freqüência ele entrou em mim e eu não me apercebi de sua chegada, mas percebi que ele estava lá, e lembro-me de sua presença...*

Mesmo quando pude pressentir sua chegada, nunca consegui ter a sensação dele, nem a de sua saída. De onde veio ele para minha alma? Aonde foi ele ao deixá-la?

* * *

Saímos da tenda.

Nascia a aurora de um dia límpido. Fomos ao encontro de meu pai, cuja tenda ficava no centro do acampamento.

Tescelin, o Ruivo estava de pé, cabeça descoberta, apoiado no punho de seu gládio.

Gaudry de Touillon e eu nos ajoelhamos diante dele. O gládio formava como que um crucifixo.

Eu disse:

— Pai, eu obedeço ao Senhor, eu o encontro na abadia de Cister, e meu tio Gaudry de Touillon vai comigo.

Ele ergueu a mão como para nos benzer.

— Quero que meus irmãos me sigam — acrescentei. — Quero reunir, além da linhagem dos Montbard e dos Fontaines, o maior número de jovens cavaleiros para que ponham sua força e sua fé a serviço exclusivamente de Deus e renunciem às festas, aos torneios, aos amores carnais, às *fabliaux** e às guerras.

Lembro-me de que, interrompendo-me, olhei meu pai demoradamente.

— Meus irmãos vão me ouvir — insisti.

— Eles são cavaleiros, homens de armas — objetou ele secamente.

— Eles virão comigo para Cister. Eles me escutarão e aprovarão.

— Faz o que deves conforme a tua fé — murmurou meu pai, afastando-se.

Nunca havia conhecido um tal sentimento de força e alegria. O caminho estava traçado: levava à clareira de Cister. O fim estava traçado: convencer Guy, Geraldo, Bartolomeu, André, meus irmãos que estavam na idade do noviciado, a bater comigo à porta da abadia, abandonar seus gládios e prazeres, e para Guy, abandonar até a esposa Elisabeth e as duas filhas. E também era preciso levar outros cavaleiros.

---

* Pequenas narrativas jocosas em versos octossilábicos, peculiares à literatura dos séculos XII e XIII. (N.T.)

Pensei em Miles de Pouilly, outro irmão de minha mãe, de quem Gaudry de Touillon dissera que seria sensível à minha palavra.

Pus-me a andar de um lado para o outro do acampamento à procura de meus irmãos. Era como se meu corpo e meu espírito tivessem encontrado, pela primeira vez, seu verdadeiro lugar neste mundo.

Eu sabia, sem sombra de hesitação, o que queria e o que devia fazer para alcançá-lo.

Entro na tenda de Bartolomeu, um de meus irmãos mais moços.

Nivard, o caçula dos irmãos, ficou no castelo de Châtillon-sur-Seine. André, outro, mais moço que eu, foi ferido e encontra-se prisioneiro no castelo de Grancey.

Seguro Bartolomeu pelos ombros. Tudo que quero lhe dizer está em meu olhar, na pressão de minhas mãos.

— Acompanha-me — articulei com firmeza. — Vamo-nos tornar os homens de Deus, os monges brancos de Cister. Vamos conhecer a alegria de servir o verdadeiro Senhor.

Leio a resposta no rosto de Bartolomeu: ele sorri. Murmura que estará sempre comigo e vai me seguir aonde eu for, à floresta mais sombria ou ao deserto mais abrasador, e até a Jerusalém se for meu desejo.

Repito:

— Cister, a mais pobre e a mais rigorosa das abadias.

Agora, faltam-me os outros.

E primeiro, André, ferido, prisioneiro do sire de Grancey.

Apresentei-me diante do portão do castelo. Disse que queria ver o senhor do lugar. Estava desarmado como um mensageiro de paz. Tinha a certeza de que ninguém podia resistir à vontade que se corporificava em mim.

Grancey estava sentado a uma mesa comprida, rodeado de seus homens de armas.

— Sou Bernardo de Fontaines, em breve noviço de Cister. Venho buscar meu irmão, teu prisioneiro, a fim de que ele se torne monge branco de Cister, como eu.

Eles se olharam, alguns riram. Grancey me observou demoradamente.

— Dois gládios de menos! — disse ele. — Se tu mentiste, eu te encontrarei, a ti e aos teus.

— Presto juramento de cavaleiro e juramento de cristão — respondi.

Libertaram André, mas, de volta ao acampamento, ele a princípio se recusou a se comprometer. Ele era homem inteiramente fiel a seu suserano borgonhês, argumentava; eu não podia livrá-lo desse vínculo.

— Posso. Tu deves! Tua bem-aventurada mãe o quer. Ela fala por minha boca.

Ele começou a tremer, assegurava que via minha mãe, que ela lhe ordenava que me obedecesse.

E repetiu que seria monge a meu lado, em Cister.

Percorri o campo à procura de meus irmãos mais velhos, Guy e Geraldo. Pareceu-me que fugiam como se temessem não conseguir resistir a mim.

Mas entrei em outras tendas. Depois percorri o campo indo de castelo em castelo. Meu tio Miles, senhor de Pouilly, concordou em seguir-me imediatamente. Ele não dava importância a seus bens nem aos prazeres. Queria garantir sua vida eterna.

Também convenci Hugo de Vitry, clérigo da diocese de Mâcon, e outros que eram fiéis cavaleiros, sábios discípulos: Hugo de Montbard e Godofredo d'Aignay; alguns de meus primos, Godofredo de La Roche-Vaneau e Roberto; e meus companheiros de festas, Artaud e Arnaud.

Ouvi as mães e as jovens esposas que não ousavam me maldizer, mas invocavam o Senhor pedindo que Ele mantivesse os filhos ou o marido junto delas, pois minha palavra era muito sábia, meu verbo muito poderoso para que eles pudessem me contradizer ou se esquivar.

* * *

— As mães trancam os filhos quando anunciam tua chegada — disse-me meu irmão Guy. — E as esposas arrastam os maridos para a cama, a fim de que eles não se esqueçam do que estariam perdendo se te seguissem.

Eu disse simplesmente:

— Tu, Guy, serás monge em Cister, com todos nós. Já somos quase trinta. Se tua esposa Elisabeth não consentir, Deus saberá da recusa e ela deverá temer a cólera do Senhor.

Eu não pressionei Guy, o primogênito. Deixei que Deus agisse. Elisabeth caiu de cama subitamente, e a morte roçou por ela. Então ela permitiu que Guy se juntasse a mim. Fazendo voto de castidade perpétua, ela decidiu entrar com as duas filhas para um monastério da Borgonha.

Assim, Deus aumentou minha messe.

Faltava Geraldo, o segundo de meus irmãos, mais moço que Guy, e eu tinha a impressão de que estava se esquivando, pois ele saía da tenda tão logo eu me aproximava, pulava para a sela, gritando-me que era cavaleiro de armas e não monge, homem de gládio e não de reza.

Um dia, eu segurei as rédeas de seu cavalo, forçando-o a ficar parado.

— De que precisas para compreender que a morte chega de pronto e deves pensar na vida eterna, feliz ou infeliz, para todo o sempre? Que sinal estás esperando? Queres que a morte venha te rondar como fez com Elisabeth?

Ele avançou, obrigando-me a recuar.

Contudo, quando alguns dias depois ele foi ferido em combate e preso pelos homens de armas de Grancey, eu o ouvi gritar:

— Sou monge! Sou monge de Cister!

Grancey recusou-se a libertá-lo, mas Geraldo conseguiu fugir com minha ajuda.

E, desde então, ele pertenceria a Deus. Estaria comigo e como eu.

Nós nos reunimos no grande prédio de pedra erguido no meio das terras cultivadas que pertenciam ao nosso clã dos Fontaines.

Eu queria que começássemos a viver em comunidade nessa propriedade de Sombernon, preparando-nos assim para entrar em Cister.

Ao dirigir esses homens, muitos deles mais velhos que eu, confesso que senti alegria e talvez orgulho também.

Arrependo-me disso.

Mas avaliei assim o dom que Deus me dera de falar a meus semelhantes e guiá-los. Eu me dirigia a eles várias vezes por dia, na vasta sala de paredes brancas e vigas escuras.

Fiz meus irmãos sentarem-se no chão de terra, caminhei entre eles e disse-lhes:

— *Como ficarei feliz de vos ver, enfim comigo na escola de Cristo, e segurar em minhas mãos o vaso purificado de vossos corações para que ele o encha com a unção de Sua graça que acompanha toda ciência! Como gostarei de repartir convosco o pão ainda quente e fumegante, mal saído do forno, como muitas vezes Cristo se compraz em dá-lo com fartura a Seus pobres!*

Via seus rostos voltados para mim, os olhos que não se desprendiam de mim, e gostava que minha voz os prendesse atentos, imóveis, como se, pela graça de Deus, ela tivesse o poder de encantá-los.

Dizia:

—*Aprendemos muito mais na madeira que nos livros; as árvores e as rochas vão ensinar-vos coisas que não conseguiríeis ouvir em outro lugar; vereis por vós mesmos que se pode tirar mel das pedras e óleo das rochas mais duras. Não sabeis que a alegria destila de nossas montanhas, que o leite e o mel correm de nossas colinas e que nossos vales regurgitam de frumento?*

Assim nos preparamos juntos para nossa entrada no novo monastério de Cister.

Eu, de minha parte, lhes falava, descrevia a vida que íamos levar e que eu via diante de mim como se já a conhecesse.

Eles, por seu turno, me escutavam e aproveitavam os dias que ainda nos restavam antes de nossa clausura para liquidar suas vidas mundanas em maior benefício de seus próximos.

* * *

Depois, num dia de maio, pouco antes da Páscoa de 1112, fomos ao castelo de Fontaines, onde, nesse mês, meu pai, Tescelin, o Ruivo, e meu irmão Nivard habitavam.

Meu pai estreitou-me contra ele.

— Eles te escutaram — disse ele. — És o suserano deles.

— Não passo de um vassalo do Senhor — murmurei.

— Sabes convencer e conduzir os homens.

— Ouço o Verbo que entra em mim. Um dia ele te penetrará também

Separamo-nos.

A estrada não era muito longa até Cister, mas nós fomos a pé como pobres monges que escolhêramos ser e não mais como orgulhosos cavaleiros.

Nivard nos acompanhou até a ponte levadiça do castelo.

Guy, o primogênito, gritava-lhe:

— És o herdeiro de todos os nossos bens. Agora, és rico!

Nivard fez um gesto de revolta; sacudiu a cabeça, um esgar irado alterou sua fisionomia.

— Como ousas dizer isso? Partis todos juntos, ficais com o céu e me deixais a terra. A partilha é desigual!

Virei-me para ele.

— Teu dia também chegará, se o quiseres.

CINCO

Nós caminhamos sob a abóbada da floresta, escura, apesar de ser dia. De repente, após algumas árvores de corte e uma densa floresta, que me pareceram mais espessas, encontrei a clareira e o prédio branco de luz.

Ergui a mão e mostrei a sebe irregular e baixa no centro da clareira, que marcava o limite das terras da abadia de Cister.

Virei-me e vi os rostos contraídos de trinta homens, meus irmãos, meus tios, meus primos, meus amigos, que haviam decidido seguir-me e enfunar-se comigo no silêncio e na prece.

Eu os convencera. Fui o instrumento de Deus que deu potência à minha voz e força à minha convicção.

Sentia-me mais humilde que o mais humilde entre eles, mas Deus me escolhera para ser o guia deles, e, portanto, era responsável por todos eles, respondia pelo que fizessem.

Disse:

— *Para além dessa cerca começa uma outra vida. Que cada um saiba, ao transpô-la, que está abandonando um mundo por outro, e se um de vós ainda duvida, não está persuadido de que deixa o vão pelo verdadeiro, que o diga.*

Esperei.

Eles se aglomeraram ao meu redor. Então, atravessei a cerca e eles me acompanharam.

Um monge envolto em túnica e capuz brancos levou-nos por uma alameda estreita que atravessava a lavoura até um prédio de pouquíssimas janelas.

Os monges aram, amanham, desbastam sem levantar a cabeça.

Lembrei-me da regra decretada pelo abade Estêvão Harding: toda a riqueza de Cister deve provir de sua agricultura. Cabe aos monges produzirem tudo de que necessitam.

Precisaremos, pois, curvar a espinha e aprender a trabalhar com as mãos feito eles.

O monge empurra uma porta. Eis a casa dos hóspedes. As paredes são brancas e nuas. O abade Estêvão Harding quer que reine uma austera pobreza em todos os lugares. Em Cister, nada de recepção em salas decoradas de pinturas coloridas, iluminadas por vitrais, nada de ornamentos litúrgicos de ouro e prata para os condes, os duques e os príncipes. Os grandes de Champagne, da Borgonha e da França serão recebidos como noviços, disse Estêvão Harding.

Assim o somos nós.

Trazem-nos caldo quente, legumes cozidos e pão preto. E nós esperamos no silêncio e no frio. E nos aproximamos uns dos outros. Meu irmão Bartolomeu ajoelha-se e começa a rezar: nós o imitamos.

A noite cai e o silêncio torna-se mais denso ainda. Deitamos diretamente na pedra. Um sino bate várias vezes durante a noite, provavelmente chamando os monges para a prece.

Depois um outro dia tem início, seguem-se outros. Estamos sós, submetidos à provação desse abandono, dessa espera.

Guy, meu irmão mais velho, aproxima-se de mim e murmura:

— Bernardo, o que viemos fazer aqui, por que nos trouxeste para essa abadia onde ninguém nos acolhe?

Tive, confesso, um momento de dúvida. Também eu murmurei comigo mesmo: "Bernardo, que vieste fazer aqui?"

Olho as paredes altas, as janelas estreitas, os ladrilhos meio ocres, a abóbada em arcos de pedra.

Tudo isso para que a alma não se distraia, que viva em plenitude somente para ela mesma.

Respondo a Guy, respondo a mim:

— Viemos para aprender a amar e conhecer a nós mesmos.

No quarto dia, o abade Estêvão Harding nos recebe na sala capitular, tão nua quanto aquela da casa dos hóspedes.

É um homem magro e alto, de rosto macilento e grande tonsura. As amplas mangas da túnica branca de capuz escondiam-lhe as mãos e os braços.

Veio até nós, observou-nos um a um, depois nos interrogou com voz firme, autoritária mesmo:

— O que quereis?

Eu disse:

— A misericórdia de Deus e a vossa.

Todos ao meus redor — meus irmãos, tios, primos, amigos — repetem a frase, e suas vozes se fundem num grande coro.

O abade Harding pôs-se a andar de um lado para o outro diante de nós. Fala-nos com uma voz que se tornou suave, como a de um pai zeloso.

Diz que somos cavaleiros, pessoas poderosas e influentes, aparentados com os duques de Bourgogne, com os Capeto, reis de França, com os duques de Lorraine e, por esses, com a família do imperador do Sacro Império Romano-Germânico.

— Sois Fontaines e Montbard, Vitry e La Roche... Não vou nomear todos os vossos ascendentes normandos, lorenos, borgonheses. Estais habituados à seda, ao ouro e à prata das jóias, a todas as pedrarias que iluminaram vossas vidas. Bebestes o mais aveludado vinho da Borgonha em taças cinzeladas, dormistes em quartos aquecidos sob cobertas de pele. Cavalgastes, caçastes, conhecestes os banquetes onde se enfiam os dentes na carne tostada, sangrenta. Cantastes, dançastes, ouvistes harpa e alaúdes...

Ele se interrompe, mostra as paredes nuas.

— Aqui — continua —, será a pobreza, trabalho de camponês, leitura e silêncio, dormitórios gelados, comida sem sabor, observância de uma regra que engrandece a alma pela renúncia aos prazeres do corpo.

Ergue a voz:

— Escutai o que diz vosso coração neste momento. Se desistirdes, ninguém vos reprovará. Todo homem tem o direito de escolher seu caminho para Deus. O daqui é difícil, pedregoso, à beira de abismos, ergue-se rapidamente em direção às alturas. Antes de vos comprometer, convém conhecer o estado de vossos corpos e de vossas almas.

Estêvão Harding pára no meio da sala. Nós o rodeamos. Seu olhar detém-se demoradamente em mim, depois ele diz:

— Entrai em vós mesmos e me respondei. Sois livres para deixar este monastério. Lembrai-vos de vossos prazeres, de vossa glória e de vosso poder antes de escolher o esquecimento do mundo, a humildade, o despojamento.

Eu dou um passo à frente. Digo:

— Eu renuncio às vaidades.

De imediato, como se fôssemos um coro novamente, meus irmãos, meus tios, meus primos, meus amigos respondem o mesmo que eu.

Estêvão Harding tira os braços de dentro da túnica, abre-os e solta em voz alta:

— Que Deus leve a bom termo o que Ele começou em vós!

Respondemos todos:

— Amém.

Entrei no dormitório onde eu ia dormir. As camas ficam perto umas das outras.

Caminho pelo compartimento comprido e, de repente, sinto náuseas. Temo vomitar, tão forte é o cheiro de suor.

Os monges acabam de chegar dos campos e oram ajoelhados, junto de seus leitos. Lavaram somente o rosto e as mãos, e vejo que se deitam sem sequer se despir.

De fato, a regra diz que é preciso viver neste mundo como um viajante que não tem tempo de lavar e cuidar do corpo, nem mesmo trocar de roupa para a noite.

Além do mais, como descansar quando é preciso se levantar diversas vezes para rezar?

Consegui não mais sentir, não mais ver, nem mais ouvir. Preciso estar só em mim mesmo, ignorar o mundo para melhor me conhecer e assim tentar me aproximar de Deus.

Com um sinal, o prior indica que devo ir para o campo. Pego um ancinho. Começo a quebrar os torrões, a cavar sulcos. Faz calor. O suor escorre por minhas faces, minhas costas doem, meu corpo está tão cansado que tenho a impressão de que não vou conseguir ficar de pé.

Quero trabalhar; no entanto, quero fazer a minha parte.

Sinto que me observam. Acham-me fraco demais para a lavoura. Confiam-me tarefas mais leves. Eu varro. Eu lavo.

Avisto Guy, Geraldo, André, Bartolomeu e meus tios, meus amigos. Um deles, Godofredo d'Aignay, arquiteto, era capaz de construir abóbadas tão leves que pareciam se manter por graça ou bruxaria. Da mesma maneira, ele sabia suspender sinos que resistiam às tempestades. Lá está ele, as mãos na terra como um servo. E, perto dele, ajoelhado, cavando o chão, reconheço meus tios Gaudry de Touillon e Miles de Pouilly.

Eu me aproximo deles. O cansaço me faz cambalear. Minha boca está cheia de uma saliva ácida que me queima os lábios e depois arranha meu estômago. Só posso engolir alguns bocados dos legumes cozidos, do pão preto que nos estendem. Carne e toucinho nunca aparecem nas mesas do refeitório.

Vomito uma bile acre.

Mas preciso vivenciar isso também.

Digo a Godofredo d'Aignay e a meus tios:

— *Elevai-vos pela humildade. Este é o caminho, não existe outro. Quem procura progredir de outra maneira mais depressa cai do que sobe. Somente a humildade enaltece, somente ela conduz à vida!*

Preciso submeter-me a essa regra.

Não quero mais falar. Nem mais ver. Nem mais ouvir. Tapo minhas orelhas com chumaços de estopa para não saber sequer o que dizem meu pai e Nivard, meu irmão, que vêm me visitar.

Leio a surpresa em seus olhos, pois não respondo ao que me dizem, mas, assim que seus lábios param de se mover, murmuro palavras anódinas e me retiro.

Caminho com dificuldade. Meu corpo arde. Meus olhos se fecham, ao passo que quero continuar a ler a Bíblia.

Em certos dias, a fadiga é tanta que tenho a sensação de estar insensível. É como se meu coração e meu corpo, exauridos, se enrijecessem por demasiada secura.

* * *

Desespero-me por não poder amar ainda mais esse Deus que parece fugir de mim. Entro na capela, ajoelho-me nos ladrilhos gelados, diante do altar desguarnecido, porque o abade Estêvão Harding ordenou que o brilho do metal precioso fosse banido de todos os ornamentos litúrgicos.

— Busque a riqueza do amor em vós, não no mundo — ele repete.

Mortifico meu corpo. Jejuo. Esgoto-me no trabalho de limpeza. Leio à noite. Rezo.

Um dia, quando eu meditava entre as colunas, na sombra e no silêncio da nave, pus-me a tremer como se alguém me tivesse agarrado pelos ombros e me sacudido. Pareço uma árvore frágil vergada pela tempestade. De repente, soluços me tomam a garganta, e não consigo impedir-me de chorar.

Depois o vento pára e sei que o Espírito começou a soprar em mim. Compreendo então o que significa a divisa que o abade Estêvão Harding deu à abadia de Cister: "Ó bem-aventurada solidão! Ó beatitude só!"

Atravessei, pois, o deserto, superei a prova e a penitência.

O tempo do noviciado termina; estou pronto a me tornar monge de Cister.

Interroguei meus irmãos, meus tios, primos, meus amigos, esses trinta homens que formam comigo nossa falange.

Guy, Geraldo, André, Bartolomeu emagreceram como eu. Têm o rosto encovado, os olhos brilhantes.

O mesmo vale para todos os que me seguiram. Estão todos prontos para entrar definitivamente na vida monástica.

Eu os reúno na sala capitular. Seus olhos estão fixos em mim. Sinto que todo o meu corpo vibra de cansaço e emoção.

Começo a falar:

— *Quereis ouvir de mim o motivo de todos esses exercícios de penitência? Porque a entrada numa vida monástica constitui um segundo batismo e, para sermos dignos de recebê-lo, devemos aprender o silêncio, a pobreza, a humildade e o sofrimento.*

Ao me expressar desse modo, sinto uma emoção tal, que minha voz treme. Ao ver todos os rostos erguidos para mim, sinto-me o guia desta comunidade.

Digo:

— *Nós nos alimentamos do pão de nossas lágrimas. A perfeita renúncia ao mundo e a excelência singular de sua vida espiritual distinguem a existência monástica de qualquer outra maneira de viver e tornam os que a professam mais semelhantes aos anjos que aos homens.*

Interrompi minha fala. Talvez as palavras me tenham levado longe demais, talvez eu tenha esquecido a humildade, o tempo de uma comparação?

Ajoelho-me e, a minha volta, todos fazem o mesmo.

— *Monges submissos à rígida regra* — prossegui —, *conformamos no homem a imagem de Deus, desenhando-o semelhante a Cristo como na ocasião do batismo.*

Rezamos durante muito tempo, depois nos dirigimos à capela.

O abade Estêvão Harding olha para nós enquanto caminhamos. Nossas túnicas e nossos capuzes brancos estão dispostos nos bancos. Alguns monges se aproximam, nós nos ajoelhamos.

Sinto o frio das tesouras em minha cabeça. Os cabelos caem. Fica apenas uma corola em volta da tonsura. Somos admitidos e, portanto, marcados.

O abade faz um sinal convidando-nos a vestir o hábito de monge cisterciense. Sinto em minhas faces, em meus braços, em minha nuca e em minhas mãos a lã branca e rugosa que vai me fazer as vezes de segunda pele.

— Ides vos tornar meus irmãos em nossa abadia — diz Estêvão Harding com uma voz lenta e grave.

Nós nos jogamos no chão, o rosto contra os ladrilhos, e deitados assim, braços em cruz, rezamos.

— Levantai-vos, meus irmãos — recomeça Estêvão Harding.

Somos monges.

Eu me adianto primeiro até o altar. Apóio-me nele, escrevo meu nome na margem do texto das Epístolas dos Apóstolos.

Meus trinta irmãos assinam por seu turno.

Estamos engajados do lado de Deus enquanto Ele o quiser.

SEIS

Saindo da nave nesse dia de abril de 1113, vi o verde pálido dos botões e das folhas novas, o branco e rosa das sebes de espinheiros. Ergui a cabeça e avistei uma revoada de aves migratórias que subiam alto como um ponta de flecha riscando o céu claro. Virei-me e pareceu-me que via, pela primeira vez, a arquitetura da abadia de Cister, seus contrafortes, suas janelas estreitas, suas paredes brancas.

A partir desse dia, eu era monge da abadia de Cister. Eu lhe pertencia. Ela era minha mãe. Parecia-me austera e forte. Eu a queria poderosa. Formulei voto de que ela progrida e que os noviços, como éramos nós um ano atrás, a procurem, de modo que, em breve, o mundo inteiro seja ordenado por nossa regra, guiado por nossa comunidade.

Respirei longamente para me impregnar do perfume de húmus e flores novas ao andar pelos sulcos em direção à floresta. Durante mais de um ano, inteiramente ocupado em encontrar em mim o caminho para Deus, não vi nem senti nada do mundo exterior. Agora, eu era monge e via o mundo novamente.

De que modo eu poderia agir para torná-lo mais próximo de Deus?

Continuei a andar através da floresta. Os espinheiros agarravam-se em minha túnica e em meu capuz, arranhavam minhas mãos quando eu afastava os ramos. Contudo, quanto mais eu me aprofundava na floresta, mais me sentia invadido por uma certeza: era preciso desmatar o mundo como se abre uma clareira, para que os homens possam se reunir, lavrar a terra, levar seus rebanhos a pastar, erguer o campanário de uma igreja para que a fé resplandeça.

Foi nesse dia que pensei que devia semear, com meus irmãos, meus tios, meus primos, meus amigos, outras abadias que seriam as filhas de Cister, a abadia-mãe, como já havia monastérios ligados à abadia de Cluny.

Mas esses eram monges negros que — o abade Estêvão Harding dava a entender — não respeitavam a austeridade da regra: seduzidos pela cintilação das cores e pela maciez da seda, pelos reflexos das pedrarias, desejavam que seu retiro fosse igual ao palácio de um rei.

Quanto a mim, Bernardo de Fontaines, monge branco, eu queria que a única grandeza na austeridade das paredes fosse a da alma. A riqueza está em nós, monges brancos, e em nossas qualidades, não nas coisas que nos rodeiam.

Os dias se sucederam: trabalho, prece, dormitório, refeitório, leitura até que os olhos não passem de duas feridas ardentes.

Muitas vezes, no refeitório, cheguei a desistir de engolir os legumes cozidos, pois cada bocado tornava-se para mim um esteira de fogo entre minha boca e meu estômago. Com longos períodos de jejum, tento apagar esse incêndio que devora meu corpo. Mas sinto em mim uma energia, uma vontade, uma fé que nada poderá abalar nem destruir.

Mesmo minha extrema fadiga, parece-me que se torna uma força, como se eu me apoiasse nela para reduzir meu corpo à sua mercê, elevar minha alma, exigir ainda mais de mim; como se o sofrimento físico e até mesmo o esgotamento aguçassem a minha vontade, tendo se tornado a corda estendida de arco que não cede jamais, a dor me obrigando a ficar em vigília incessante.

Orar, pregar, agir, estar constantemente em movimento para tentar escapar a esse sofrimento em mim. Esse fogo da dor obriga-me sempre a progredir, a empreender.

Encontro regularmente nosso abade, Estêvão Harding. Ele me recebe em sua pequena cela branca onde amontoa, numa mesa, manuscritos e livros santos, as Escrituras e os textos dos Pais da Igreja.

Ele me mostra uma Bíblia coberta com sua letra. Explica-me que decidiu corrigi-la com a ajuda de rabinos, principalmente o de Troyes, o grande Rashi, cujo conhecimento e saber eram imensos.

Ele estende a mão para os manuscritos e diz que estamos em um grande momento do saber e é preciso ficar atento para que ele contribua para o aprofundamento de nossa fé. Não é preciso temer as outras religiões do Livro, ele explica. Por que não tentar traduzir o Corão? Em Paris, os estudantes são mais e mais numerosos e enchem a escola capitular de Notre-Dame, onde o diretor é Pedro Abelardo, um homem jovem que se impõe por sua inteligência e sua sabedoria. Seu antigo mestre, Guilherme de Champeaux, acaba de ser eleito bispo de Châlons-sur-Marne.

— Guilherme é um dos luminares deste tempo — murmura Estêvão Harding.

É o mesmo Guilherme de Champeaux que me ordenou padre; quando me ajoelhei diante dele e ele impôs as mãos sobre minha cabeça, tive a impressão de que me exortava a procurar incessantemente novos caminhos para a fé; a escrever e a agir; a ser ao mesmo tempo o monge branco que aceita a regra e a clausura, e o pregador que se dirige não só aos monges, mas aos homens contemporâneos do século.

* * *

De resto, o que poderia eu fazer senão isso?

Minha fraqueza física é tal, que o abade Harding me proibiu de me entregar aos trabalhos do campo.

Então, eu prego e me sinto humilhado por me subtrair a uma parte essencial da vida monástica.

Eu comuniquei isso aos outros nestes termos:

— *Eu não vos pregaria se pudesse trabalhar convosco. Se eu partilhasse de vossos trabalhos, minhas prédicas talvez fossem mais eficazes; em todo caso, seria mais conforme o voto de meu coração. Mas eu não tenho o poder de trabalhar como vós, não só por causa de meus pecados, como em razão das enfermidades deste corpo que, como sabeis, me pesa extremamente, e do pouco tempo de que disponho...*

Assim se passaram dois anos.

Foi o exemplo que demos, nós, os trinta e um jovens e poderosos cavaleiros deste mundo, quando escolhemos entrar para o novo mosteiro de Cister e nos tornarmos monges brancos sem que nenhum se tenha dispensado do respeito à regra? É verdade que um número cada vez maior de rapazes veio bater à porta de Cister.

— É preciso semear — Estêvão Harding afirma.

Ele quer que as abadias filhas de Cister nasçam em um terreno situado na margem do Grosne, perto de Chalon-sur-Saône. E de fato doze monges deixam Cister na primavera de 1113 para levantar cabanas nesse terreno onde devem construir, com a força de seus braços, a abadia de La Ferté.

E o mesmo acontece na diocese de Morimond perto de Langres.

E é meu amigo Arnold que dela se torna o abade.

E em Pontigny, entre Champagne e a Borgonha, é outro de meus amigos, Hugo de Vitry, que vai, à frente de outros doze monges, fundar uma nova abadia.

— Arnold e Hugo de Vitry — diz-me Estêvão Harding — são teus monges, dos que trouxeste para cá. É preciso que perdure o elo entre vós, entre Cister e as novas abadias, que nos una um espírito comum, dando assim nascimento a uma ordem em que cada abade será responsável por sua abadia, mas, todos os anos, o abade de Cister visitará cada um para se assegurar de que o espírito permanece, e a filha continua fiel à mãe. É necessário um documento — documento de caridade — que seja a regra dessa ordem cisterciense que vejo nascer com as primeiras abadias filhas.

Estamos em 1115. Tenho vinte e cinco anos.

Um dia, no começo de junho, o abade Estêvão Harding me convoca.

Ele está sentado em sua cela, o rosto escondido nas palmas das mãos, os cotovelos nos joelhos, as costas curvadas.

Assim demora um bom tempo, depois se empertiga, cruza os braços por dentro das amplas mangas de sua túnica.

— Conheces as terras do alto vale do Aube — pergunta? — Elas estão sob a autoridade da diocese de Langres e pertencem a Hugo de Troyes. Estão cobertas de florestas tão densas que a noite parece sair apenas de cima das árvores, deixando a obscuridade cobrir o chão e envolver os troncos.

Ele se levanta.

— Hugo de Troyes cede-nos uma dessas terras se fundarmos ali uma abadia filha de Cister.

O abade se aproxima de mim.

— Sei que és aparentado dele. Aliás, teu pai, Tescelin, o Ruivo talvez esteja na origem dessa doação. É justo, pois, que sejas tu o guia dos onze dos teus familiares, onze entre os que te seguiram até aqui. Tu serás o abade deles.

Ele apóia as mãos em meus ombros.

— Essas terras são inóspitas — murmura. — Terás de desmatá-las. O frio é duro. Chega cedo. O outono é chuvoso. As tempestades, geladas. O nevoeiro é tão espesso que não se vê nada a alguns passos de distância. Estareis sozinhos, mas tu serás a viga mestra. Terás somente este verão para construíres um abrigo qualquer para o outono.

Ele deu um passo atrás.

— És tão frágil! Aqui, não podes sequer trabalhar no campo. Eu te escolhi abade apesar disso, porque sei e vejo. Pois teu olhar incendeia, tua voz estremece quando pregas. É um monge como tu que eu quero para essa abadia.

Eu me ajoelhei.

— Terei forças. — murmurei.

TERCEIRA PARTE

SETE

Em 25 de junho de 1115, nós, os doze monges brancos, deixamos a abadia de Cister, o berço que nos viu nascer.

A cerração que começava a irisar a luz do alvorecer deslizava ao longo dos sulcos empurrada pela brisa. Ela se agarrava às sebes e aos galhos das árvores da floresta ao lado.

Eu andava na frente, carregando a cruz de madeira.

Atrás, vinham meus irmãos Guy, Geraldo, André, Bartolomeu, meu tio Gaudry de Touillon, meus primos Godofredo de La Roche-Vaneau e Roberto de Montbard. Havia também Gaucher, o mais velho de nós todos, que eu queria que se tornasse o prior da nova abadia filha de Cister, que íamos construir no fundo de um vale próximo a Ville-sous-la-Ferté.

Eu pedira a Godofredo d'Aignay, o arquiteto, mestre do compasso e do esquadro, que se juntasse a nós, pois eu desejava que a igreja e o prédio da abadia fossem erguidos o mais breve possível.

Levava mais de dez dias para chegar ao vale e, depois de alguns passos, a cruz já me parecia pesada, e tive de arquear o dorso para impedir que ela me derrubasse.

Mas sabia que eu alcançaria, ainda que rastejando, o lugar em que ergueríamos nosso novo teto.

Na beira da floresta, eu me voltei. Vi meus companheiros que carregavam nossos missais, meu saltério, nossos cálices e cibórios, nossos mantos, nossas casulas, além das relíquias de nossos santos. Atrás de nosso pequeno grupo, distingui a igreja e os prédios de Cister recobertos pelo véu cinzento da bruma.

Em pé, diante do pórtico, vislumbrei nosso abade, Estêvão Harding, olhando-nos enquanto nos distanciávamos.

Senti-me estremecido de emoção. Ele é que nos acolhera. Ele é que fizera respeitar a regra, que proporcionara as primeiras filhas de Cister — as abadias de La Ferté, de Morimond e de Pontigny —, que me confiara a missão de fundar uma quarta.

Ajoelhei-me, o mesmo fizeram meus companheiros, e rezei para que Deus inspirasse e protegesse a ordem nascida de Cister.

Fiquei assim, a testa apoiada na cruz, depois me reergui, e retomamos todos a caminhada.

Atravessamos florestas e percorremos chapadas debaixo de chuva.

Nas aldeias, os camponeses se persignavam a nossa passagem, as mulheres nos estendiam moringas cheias de água fresca e partiam pão preto para nos oferecer.

Deitávamos sob as árvores diretamente no chão. O frio da terra úmida penetrava nossos corpos. Comecei a tremer de febre. Mas continuei a carregar a cruz. Sentia que meus companheiros não deixavam de me olhar; eu não podia fraquejar. Eu era o abade, o guia deles.

* * *

Atingimos enfim o vale do rio Aube. Fazia oito dias que havíamos saído da abadia de Cister. Meus pés estavam sangrando, meus braços enrijecidos, meus ombros doídos. Tinha a impressão de que era a cruz que me sustentava, que me empurrava para a frente.

Meus companheiros estavam tão esgotados quanto eu, mas, assim que começamos a descer pela margem do rio, passamos a andar mais depressa. Estávamos a algumas horas apenas de nossa propriedade situada na confluência do Aube com o Aujon.

Quando chegamos, eu estanquei.

O vale ficava incrustado. Ouvíamos o rumor da água. As encostas estavam cobertas de arbustos. Os galhos espinhosos agarravam-se em nossas túnicas e nosso mantos. Ergui os olhos e vi a floresta que protegia o vale como uma muralha natural. Aspirei o perfume dos ramos de absinto que, incontáveis, brotavam na terra úmida. Era o vale do absinto que o sol iluminava com seus raios.

Eu disse:

— É o vale da claridade.

Que, mais tarde, chamaríamos de Clairvaux*.

Plantei a cruz na terra. Ajoelhei. Ali nasceriam nosso monastério, nossa igreja.

Meus companheiros puseram-se logo a desbastar o terreno em torno da cruz. Eu me levantei e também comecei a empunhar e arrancar tufos de absinto com todas as minhas forças, surpreso com essa recuperação de energia que me fazia esquecer a fadiga.

Não paramos mais de trabalhar. Somente a noite nos obrigava a interromper a labuta por algumas horas.

Levantávamo-nos assim que a escuridão começava a diminuir, e então o vale ressoava com as batidas dos machados nos troncos e nos galhos.

* Também chamado Claraval, em português. (N.E.)

Precisávamos construir algumas cabanas o mais rápido possível para enfrentar as chuvas do outono e os rigores do inverno.

Paramos apenas por alguns instantes, no meio do dia, para mastigar frutos silvestres, um pouco de cevada, favas ou ervas.

Às vezes, uns camponeses se aproximavam e nos observavam, assustados, temerosos mesmo.

Eu me aprumava, olhava meus companheiros e compreendia o sentimento que inspirávamos. Nossas vestes já não eram brancas, mas enegrecidas pela terra, rasgadas pelos espinhos. A barba e o cansaço acinzentavam nossos rostos, nossas mãos estavam cobertas de escoriações, nossos olhos brilhavam de esgotamento, de febre e de fé.

Os camponeses voltavam com freqüência e depositavam um pouco de pão, de pêras, de maçãs, de beterrabas, junto da cruz ou na entrada das primeiras cabanas; de vez em quando, encontrávamos uma travessa de legumes cozidos em um pouco de toucinho salgado.

Um dia pela manhã, quando o cansaço era tão grande que cambaleei ao atravessar a clareira que abrimos, finalmente, no emaranhado de galhos e arbustos, vi dois monges negros aproximarem-se de mim.

Fiquei parado. Não queria que percebessem minha fraqueza e nossa miséria. Escolhêramos a austeridade.

Eles pararam na minha frente, observaram-me demoradamente, e um deles começou a chorar, estreitando-me contra ele.

Tinham sido alertados por camponeses, explicaram-me. Pertenciam ao priorado de Clémentinpré, dependente da abadia de Cluny. Eles se ofereceram para nos acolher. Mostraram as encostas ainda cobertas de arbustos, nossas cabanas miseráveis que não nos protegeriam das grandes chuvas de outubro e novembro. Íamos morrer de frio e de fome.

— Deus não quer isso — eu disse.

E voltei ao trabalho, ajudando meus irmãos Guy e Geraldo a rolarem os troncos.

Os monges foram embora, mas voltaram, algumas horas depois, trazendo-nos pão, óleo, sal e mel.

Eu não pude engolir nada dessa comida, tanto meu corpo estava fechado em si mesmo, habituado a receber apenas uma cumbuca de ervas ou legumes malcozidos.

Mas eu exigia que Godofredo d'Aignay e os outros recuperassem as forças.

Nosso arquiteto tinha começado a fazer o corte das primeiras pedras tiradas da vertente do vale e a erguer os muros. Era preciso, com efeito, demarcar com uma cercadura o perímetro de nosso monastério.

Nossas humildes construções de madeira, a pequena capela que nossa cruz encimava já haviam transformado a paisagem. A abadia de Clairvaux ainda era recém-nascida, mas nada poderia impedi-la de crescer.

Como eu previra, designei Gaucher para prior e encarreguei meu irmão Geraldo de dirigir os trabalhos do campo, pois tínhamos de produzir nossos próprios alimentos; finalmente, escolhi meu irmão Guy para administrar o pouco dinheiro de que podíamos dispor e as doações que receberíamos.

Pois já éramos visitados. Imploravam-nos que intercedêssemos junto a Deus, já que estávamos tão próximos Dele, para salvar um ou outro homem ou criança que a morte puxava pela mão.

Eu rezava. Às vezes eles voltavam, os braços carregados de víveres, para me agradecerem por ter rogado a Deus e Ele ter atendido a minha prece.

Diante dessas visitas cada vez mais numerosas, compreendi que era hora de solicitar a consagração da abadia ao bispo de Châlons-sur-Marne. Certa manhã, pus-me a caminho com um de meus companheiros, o irmão Erbaud, um homem de grande porte que os monges escolheram para me proteger e amparar, e durante a caminhada eu avaliava o quanto já me sentia ligado a Clairvaux.

Parei diversas vezes, enquanto ainda estávamos no vale, para contemplar nossa humilde igreja e nossas cabanas de tábuas no meio da clareira que os muros começavam a circundar.

Ali estava minha morada para sempre.

Andamos durante dez dias. Camponeses nos deram de comer. Cachorros vadios nos atacaram e Erbaud os escorraçou a bastonadas. Enfim, chegamos a Châlons e nos apresentamos ao palácio episcopal.

Como uma revoada de estorninhos, os clérigos nos rodearam com seus pipilos. Quem éramos nós? De onde vínhamos? Clairvaux, uma abadia cisterciense? O que era isso?

Calaram-se quando Guilherme de Champeaux se aproximou.

Eu gostava desse bispo que recriara em Châlons a escola que deixara em Paris, rejeitado por seus próprios alunos que preferiram o ensinamento de um deles, o tal Abelardo, de quem já me haviam falado várias vezes.

Ajoelhei-me diante dele. Ele me ajudou a me reerguer, e me amparou ao me ver cambalear de repente.

— Este palácio episcopal, esta cidade, este bispado estão a tua disposição, Bernardo — disse-me ele. — Estão à disposição de tua abadia que eu consagro filha de Cister, elo da ordem cisterciense. Que tua obra se amplie, que Deus te ajude a difundir tua palavra por toda parte, que todos queiram se unir a ti e assim se multipliquem as abadias de tua ordem!

Hospedei-me alguns dias em Châlons, no palácio episcopal. Guilherme de Champeaux passava várias horas por dia a meu lado, pois tive de ficar de cama, incapaz de andar, como se toda a fadiga acumulada transbordasse de chofre, arrasando-me.

Só meu espírito e minha voz escaparam ao afogamento.

Eu ouvia Guilherme falar de Pedro Abelardo que, enlouquecido de orgulho, acreditava que sua razão podia explicar tudo de Deus e Seus mistérios. Diziam até que, apaixonado por uma de suas alunas, Heloísa, mocinha que vivia na casa do tio, um professor chamado Fulbert, ele levava uma vida dissoluta.

Mas Guilherme não se detinha muito sobre esse episódio. O pecado da carne, esse amor por Heloísa, não passava da manifestação do desejo de não romper com o mundo e suas vaidades que Abelardo sentia. Aí estava o perigo, pois o seu exemplo fascinava os estudantes da escola capitular de Notre-Dame, que se perdiam em caminhos sem outra saída senão a heresia.

Sei que nesse instante me soergui com a ajuda dos cotovelos. Depois, sentado na beira da cama e apoiando-me no ombro de Guilherme, consegui enfim me levantar e disse que precisávamos voltar agora à abadia de Clairvaux da qual eu era o abade consagrado.

Essa abadia e todas as que nascerão, se Deus me ajudar a acrescentar novos elos à ordem cisterciense, seriam as cidadelas da fé, as muralhas da Igreja contra todos os abusos.

— *Estaremos* — disse eu — *fora do mundo, respeitando nossa regra para nos preservarmos das tentações, mas voltarei para o meio de vós quando for necessário defender a Igreja e a verdadeira fé.*

Guilherme de Champeaux nos acompanhou até a porta de Châlons.

Ele me assegurou de que visitaria Clairvaux e ali faria retiro de alguns dias sempre que sentisse necessidade de se recolher no silêncio.

— Clairvaux está a sua disposição — murmurei.

— Somos a cavalaria de Deus — respondeu o bispo, abraçando-me.

Retomamos a estrada, Erbaud ia alguns passos a minha frente, afastando com a ponta do bastão as ervas e os espinhos que barravam os caminhos. Seguimos a toda, caminhávamos a maior parte da noite, mal parando para dormir. Quando chegamos ao cume da última colina, a que dominava nosso vale, caímos ajoelhados de cansaço e emoção.

Clairvaux descortinava-se diante de nós na claridade do alvorecer.

OITO

É nosso primeiro inverno aqui.

Ouço o barulho das enxadas que tentam quebrar o solo congelado. Vejo a neve branca amontoar-se no oco do vale. Tateio, numa outra manhã, porque o nevoeiro gelado é tão denso que meu corpo parece dissolver-se nele.

Ouço os lamentos de meu primo Roberto e de meu jovem irmão André. Eles estão trabalhando na construção de nossa igreja cujos muros de pedra já foram erguidos. Na escuridão da noite, Godofredo d'Aignay, à luz de uma vela, tenta continuar a traçar nos pergaminhos os arcos da abóbada que serão apoiados nos contrafortes.

Eu nem sei mais o que significa comer.

Gaucher, nosso monge prior, estende-me um prato em que vislumbro ervas e algumas folhas de faia cozidas. Tento mastigá-las, mas não consigo engolir nada. No refeitório — uma cabana de tábuas um pouco mais espaçosa que as outras —, alguns de meus companheiros também recusam a comida.

Vejo os monges desaparecerem no nevoeiro em passos hesitantes, as costas curvadas pelo cansaço. No entanto, ouço pouco depois o barulho que vem dos machados, das picaretas, da raspagem das pás, da batida dos buris na pedra.

Pois dia após dia, nossas construções se erguem. A igreja se levanta na primavera, branca e orgulhosa, e seu campanário quadrado atrai o olhar de Deus.

A alguns passos, o prédio abriga a cozinha e o refeitório no chão de terra batida e, em cima, o dormitório onde cada monge dorme em caixote de madeira que parece um esquife.

Mas por que teríamos medo da morte, nós, os servidores de Deus?

Durmo em uma pequena cela de teto tão baixo que preciso andar de cabeça abaixada; é muito mal iluminada por uma estreita lucarna, embora eu use os olhos para ler.

Mas estou aqui para o conforto do corpo ou para a grandeza da alma?

Quando relembro esses primeiros meses, pergunto-me como sobrevivemos, como pudemos erguer essas construções, essa igreja e esse celeiro, esse moinho, essa hospedaria de paredes tão espessas, enquanto passávamos fome e frio. Foi Deus que nos protegeu, Ele que nos enviou os camponeses carregados de cevada, de mel e de leite.

Foi Deus que os fez saber da nossa miséria, que os fez saber que, se não nos estendessem a mão, iríamos desaparecer.

Então, chegaram enviados dos nobres da Borgonha e de Champagne, trouxeram-nos roupas e alimento. Ofereceram-nos sal e pão.

Depois, meu primo Josbert de Grancey, visconde de La Ferté, doou uma nova propriedade à abadia e, para desmatá-la, mandou-nos alguns rapazes que ficaram na abadia como nossos irmãos laicos, ajudando-nos na execução dos trabalhos manuais.

Mas era preciso que cada um de nós — esta era a nossa regra — continuasse a praticar esses trabalhos, revolvendo a terra, semeando, capinando ou talhando pedras e erguendo paredes sob a direção de Godofredo d'Aignay.

Como todos os monges, eu devia seguir a regra.

Mas, numa manhã do inverno de 1116, depois de vários dias em que estive forçado a jejuar, com a garganta e o estômago ardendo, eu não consegui achar forças para me erguer, para me levantar da cama, e caí no meu colchão de palha com a sensação de me afundar num abismo.

Não sei quanto tempo fiquei inanimado. Pensei que Deus ia me chamar para junto Dele, que a morte me puxava pela mão e, se não me levasse com ela, minha vida não passaria de um calvário, de uma longa agonia.

Quantos dias passei assim sozinho?

Lembro-me do rosto de Guilherme de Champeaux próximo ao meu. Ouço-lhe murmurar que obteve do capítulo de Cister, que administrava todas as abadias da ordem, o direito de me ordenar o que devia fazer e a obrigação de me submeter a ele.

Levaram-me para uma pequena cabana construída para mim, fora dos limites da abadia.

Assim, por ordem de Guilherme, fui dispensado da estrita obediência à regra. Isso me causou um sofrimento ainda maior do que a dor que devorava meu corpo, e senti como se fosse uma provação suplementar que Deus me infligia para que eu compreendesse que estava nas Suas mãos e devia continuar humilde.

Talvez Ele tenha percebido que o nascimento de Clairvaux, sob minha direção, e o título de abade que me fora conferido quando eu tinha apenas 25 anos poderiam subir-me à cabeça.

Era preciso, pois, ajoelhar e rezar.

Submeti-me e permaneci de cama na modesta choupana semelhante às que costumam ser construídas para os leprosos nas encruzilhadas. Recebia a visita de meus irmãos que me informavam sobre as ocorrências na abadia. Guilherme de Champeaux vinha de Châlons freqüentemente e passava longos momentos sentado a meu lado, falando de suas discussões com Pedro Abelardo, cujas idéias, sucesso e costumes o inquietavam.

Recebia também a visita de outro Guilherme, um monge beneditino, abade de Saint-Thierry, que também combatia as idéias de Abelardo e pensava em deixar a ordem de Cluny e ir para uma de nossas abadias.

Lembro-me de que ele me falou de seu desejo de partilhar a pobreza e a simplicidade de uma cabana como aquela em que eu o recebia, pois se sentia esmagado e ofuscado pela riqueza de Cluny e sua abadia.

— Se me for dada a oportunidade, é a vós que escolherei servir.

Essas palavras foram como um bálsamo derramado sobre uma chaga.

Sentia que nossa pobreza brilhava, que ela era a nossa riqueza, atraía as almas exigentes, e era preciso preservá-la como nosso bem mais precioso. Essa convicção me fez esquecer o desastre de meu estado de saúde.

Guilherme de Saint-Thierry ficou espantado com minha submissão às ordens de um camponês a quem Guilherme de Champeaux me pedira que obedecesse. O homem tinha queixo enorme, pálpebras caídas. Andava pesadamente, a cabeça enfiada nos ombros. Rosnava mais do que falava, mas tinha a reputação de conhecer o segredo das moléstias, e certamente foi por isso que o abade de Châlons o escolheu. O camponês me obrigava a beber azeite ou sangue fresco. Eu não protestava, fiel a meu juramento de obediência a Guilherme de Champeaux, persuadido de estar nas mãos de Deus.

— *Até agora* — disse eu a Guilherme de Saint-Thierry —, *homens racionais obedeceram a mim; agora, Deus julgou que eu devia me submeter a uma espécie de animal irracional. Mas Deus têm Suas razões e sabe por que age assim.*

Seria o efeito desses medicamentos selvagens ou a alegria que as palavras de Guilherme de Saint-Thierry insuflaram em meu sofrimento? A verdade é que eu sentia que podia não curar a doença, mas viver com ela e, portanto, continuar a trabalhar.

Eu desejava ir de cidade em cidade a falar de nós, de quem éramos, convidar os jovens cavaleiros a me seguirem, a se unirem a nós, propiciando-me assim os meios de dar nascimento a outras filhas da ordem cisterciense, a partir de nossa abadia de Clairvaux, para que se tornem, despojadas, mas a toda prova, os pilares da Igreja no conjunto do mundo cristão.

NOVE

Andei até Châlons. Era outono, e a tempestade me acompanhou durante todo o caminho.

De lá fui a Langres, a Foigny, a Auxerre, a Reims, a Château-Landon, a Dijon e a tantas outras cidades que já esqueci. Era inverno, a neve batia em meu rosto e escorria por dentro de meu capuz. Minhas mãos estavam vermelhas, anquilosadas, apesar de enfiadas nas longas mangas de minha capa, minha pele gretada de frio.

Pelos caminhos da Borgonha e de Champagne, senti também o opressivo calor tempestuoso do verão, e o fogo que nunca deixou de arder em meu peito se tornava mais vivo ainda.

Contudo, não parei de caminhar apoiado no galho nodoso com que meu primo Roberto talhara um bastão para mim. Esse pedaço de pau, comprimido na palma da minha mão, foi-se polindo ao longo dos meses.

Às vezes, também precisei brandi-lo para afastar os cães vadios mais parecendo lobos.

Nas aldeias e nas vilas, as pessoas vinham a mim. Paravam-me. Perguntavam se eu era um desses monges brancos que viviam na pobreza e trabalhavam a terra como servos e, no entanto, tinham sido duques, condes, cavaleiros?

Interrogavam-me insistentemente.

Se eu conhecia Bernardo, o abade de Clairvaux, um santo homem que rezava de pé, noite e dia, até que suas pernas se dobrassem e, mesmo ajoelhado, não parava de rezar. Era verdade que ele estava tão doente, que seu corpo estava tão atormentado, que ele vomitava diariamente as ervas cozidas que lhe ofereciam? Os outros monges ficavam tão incomodados com o barulho e o cheiro dos vômitos do abade durante os ofícios que obtiveram permissão para que ele rezasse sozinho em sua cela, relegado como um leproso. Trazia consigo um cilício e flagelava-se até não passar de um pobre despojo dolente. E afirmavam que, no entanto, esse homem percorria os caminhos, e sua palavra era tão arrebatadora que, depois de ouvi-lo, os jovens cavaleiros e os nobres mais ricos decidiam tornar-se monges brancos em Clairvaux. Esse homem sofredor era como Jesus Cristo na cruz. E repetiam:

— Conhece-o, já que és monge branco?

Eu respondia que esse Bernardo era um monge cujo corpo frágil impedia de respeitar a regra cisterciense, que ele tentava segui-la sempre que seu estado de saúde lhe permitia, mas talvez ele não tivesse vontade bastante para suplantar a dor.

— Jesus Cristo, esse carregou a cruz durante todo o calvário!

Indignados, eles chegavam a me hostilizar.

Como eu ousava falar assim de um homem que realizara milagres, curara enfermos rezando a Deus e, com uns poucos monges, construíra a abadia de Clairvaux, cuja luz já alcança tão longe?

Então dizia:

— Conheço-o bem. Sou Bernardo de Clairvaux.

Ajoelhavam-se. Queriam que os benzesse, imploravam por seus familiares à beira da morte, pela geada que ameaçava a colheita ou pela seca que endurecia e rachava suas terras.

Às vezes queriam me reter:

— Fala conosco! — suplicavam — Deus vai nos proteger?

Temiam a tempestade e a guerra, a lepra e a fome, os lobos e os ladrões, mas também os cavaleiros que caçavam cervo e javali, cavalgando por cima de suas searas, causando grandes perdas de espigas maduras.

— Fala conosco! — insistiam.

Falei.

Aos camponeses que se aglomeravam a minha volta e me puxavam pela túnica, pedindo que os protegesse de um senhor que lhes pilhara a igreja, devastara a seara, violara as filhas, exigira que lhes entregasse a maior parte da colheita, não lhes deixando sequer com que ressemear as terras.

Eles se lamentavam. Exigiam que eu invocasse o castigo de Deus para esse senhor.

Eu dizia:

— *Deus sabe, Deus vê, Deus julga. A ordem do mundo, tal como Ele a determinou, exige que cada um de nós respeite seu lugar. Camponês, tu laboras. Cavaleiro, tu combates. Clérigo, tu rezas. E tu, lavrador, que trabalhas com as mãos, tu alimentas a ordem que te protege e o que o amor de Deus te ensina.*

Eu dizia:

— *Não é preciso invocar o castigo de Deus para um senhor. Deus decidirá da sorte de cada um. Oremos juntos!*

E assim eu ficava nas aldeias, ajoelhado entre os camponeses.

Às vezes, mensageiros vinham anunciar que o senhor opressor fora subitamente atingido por uma doença e eu precisava ir à cabeceira dele, a fim de prepará-lo para comparecer diante de Deus. Precisava confessá-lo, administrar-lhe a extrema-unção.

Mas eu não me mexia, dizia em voz alta para ser ouvido pelos camponeses:

— *Se esse homem devolver aos camponeses e à igreja o que ele lhes tirou, se jurar não mais oprimir os pobres que estão sob sua jurisdição, se ele se arrepender do dano que causou, então ele receberá os sacramentos.*

E o senhor fazia penitência; eu o confessava e Deus lhe concedia o perdão.

Os camponeses juravam que iriam a Clairvaux com leite e mel, trigo e sal, e alguns deles ficariam na abadia para nos ajudar nos trabalhos dos campos.

Falei aos estudantes de Châlons reunidos em torno do diretor da escola eclesial, Estêvão de Vitry.

Eu lhes disse:

— *Vós não conheceis a santa vida que vos prepara para a salvação eterna. Aqui vos perdeis. Tornai-vos cavaleiros da Igreja! Orai na pobreza! Vivei com humildade e permiti que nossa abadia se torne mãe de muitas filhas que, por sua vez, irão se multiplicar. Assim nossos monastérios se erguerão por toda parte e nossa regra cisterciense tornar-se-á modelo para a Igreja. Deus ficará satisfeito e a pureza se estenderá sobre os homens, que confessarão seus pecados. E o infiel será vencido!*

Os estudantes se concentraram à minha volta, gritando:

— Nós te seguiremos, Bernardo de Clairvaux!

Em todas as outras vilas em que falei, jovens cavaleiros, nobres, clérigos, letrados, uma multidão me ouviu e pôs-se a caminho de Clairvaux.

Alguns senhores que possuíam vastos domínios confessavam que eram muito agarrados a seus bens, a suas mulheres, a uma alimentação gorda e salgada, a suas guerras, a suas caçadas, para tomar o hábito e a capa do monge branco.

Mas barões, duques e condes ofereciam à abadia de Clairvaux uma parte das florestas e das terras cultivadas que possuíam, e até algumas aldeias de que eram suseranos, para que Deus os remisse dos pecados.

— Não nos esqueças em tuas preces, Bernardo de Clairvaux — diziam eles —, como não te esqueceremos em nossas doações!

Voltei para Clairvaux, com meu cajado e meu corpo tão gastos que me deixei cair diante do altar sobre os ladrilhos de nossa igreja.

Não tinha força bastante para orar de pé ou ajoelhado.

Mas, ao atravessar o claustro, vi as novas construções, suas paredes brancas erguidas na terra negra.

Ouvi os cânticos dos monges, meus irmãos.

Atravessei os campos cultivados, e o prior me disse que todo dia recebia noviços, os rapazes que me tinham ouvido.

E vinham também de mais longe que da Borgonha ou de Champagne. Além disso, monges que deixavam suas abadias, suas ordens também batiam em nosso portão e pediam para serem admitidos em Clairvaux, conhecerem a pobreza, o trabalho, e se submeterem à regra cisterciense. O prior me perguntou: podíamos receber esses trânsfugas que seriam reclamados por suas abadias de origem?

Eu disse:

— Podes recebê-los.

Por que rejeitar quem busca a vida mais austera para agradar a Deus? Por que não fortalecer a ordem cisterciense que queria que se tornasse a viga mestra da Igreja?

Se Deus guiava aqueles homens em direção a Clairvaux, se Deus me dera força para convencê-los, a mim que tenho o corpo tão fraco que já me não agüentava, não era porque Ele aprovava esse projeto, porque apoiava meu empreendimento?

O número de monges logo se tornou tão grande em Clairvaux, tão vastos os domínios da abadia, que pude designar Hugo de Vitry para fundar, na floresta de Trois-Fontaines, nossa primeira abadia-filha.

E escolho meu primo Godofredo de La Roche-Vaneau para ser o abade de Fontenay, perto de Montbard. Essa foi nossa segunda "filha".

E, mais distante, próximo a Laon, encarreguei meu tio Rainaud de construir a abadia de Foigny.

Fazia somente seis anos que nós, doze monges brancos, viemos desmatar esse fundo de vale que se tornou nossa abadia-mãe de Clairvaux.

Que importava, pois, que meu corpo fosse um sofrimento só? Que meus vômitos me impedissem de me recolher com meus irmãos durante o ofício?

Talvez Deus quisesse que eu jamais esquecesse minha condição humana.

Ele queria que a força de minha palavra, este dom que Ele me dera, fosse compensado com a fraqueza de meu corpo e que, assim, as náuseas de que eu sofria fossem uma maneira de vomitar o orgulho de ser Bernardo de Clairvaux.

DEZ

Ouço as vozes do coro.

Elas ressoavam sob as abóbadas brancas da igreja. Claras e fortes, sobem até minha cela, esta despensa de teto baixo, perto do dormitório, onde sou constrangido a ficar.

Tentei ir até as lavouras, mas meus joelhos vacilaram como se estivessem gastos pelas longas caminhadas de cidade em cidade, durante dois meses.

Nem mesmo pude participar do ofício, incapaz de conter o vômito desse muco azedo e nauseabundo. Coloquei um vaso na minha cadeira no coro para recolhê-lo, mas foi inútil, o ruído e o odor incomodaram demais meus irmãos, e eu me retirei para aqui.

Ouço os cantos. Ouço os passos dos monges nos ladrilhos, o ruído das colheres raspando o fundo dos pratos e a batida dos cinzéis talhando as pedras.

Nossa abadia de Clairvaux tornou-se uma colméia de onde saem os enxames que vão criar outras.

E aí estou eu, inútil.

Eu rezo, é claro. Mas ainda quero agir. E porque, fisicamente, já não posso ir até os homens e fazê-los ouvir minha palavra, eu escrevo.

Que minhas frases dos *Louvores à Virgem Mãe* corram de uma abadia a outra!

Quero que A louvem em nossas igrejas, que leiam essas homilias no refeitório de cada uma de nossas abadias, que o culto a Maria seja difundido. Escrevo:

Para que Maria concebesse do Espírito Santo, foi preciso, como Ela mesma disse, que Deus lançasse seus olhos mais sobre a humildade dessa Serva do que sobre Sua virgindade. Se Ela alcançou a graça por Sua virgindade, Ela a alcançou não menos também por Sua humildade.

Aí está o que quero ensinar: a humildade. Ela deve se impor a todos, e até mesmo ao maior dos soberanos, a Henrique V, esse imperador do Sacro Império Romano-Germânico que pretende investir os bispos, ele que não é homem de Deus.

Escrevi a todos os abades de nossa ordem para que eles dêem apoio ao papa Calisto II, que, no Concílio de Reims, condena as investiduras laicas e a venda de funções religiosas — como se a Igreja não passasse de uma riqueza entre outras para ser gerida e convertida em moeda! A Igreja é o bem supremo nesta terra, e tem a ordem cisterciense em seu âmago, e no centro dessa ordem está minha abadia de Clairvaux!

Mas, ao pensar assim, eu, por minha vez, não esqueci a humildade?

Estava tão feliz por abrir as portas de Clairvaux a tantos jovens cavaleiros, de receber Nivard, meu irmão caçula que, como os outros, como nós seus irmãos, também renunciou ao gládio, ao vinho, às mulheres, à seda, à ambição, à guerra e à caça para vestir a túnica e a capa brancas.

Pouco depois, apertei em braços meu pai, Tescelin, o Ruivo, que também veio se preparar em Clairvaux para se retirar do mundo na paz da fé, no abrigo dos altos muros brancos, rodeado por todos os seus filhos.

Eu me sentia orgulhoso de saber que meus escritos eram lidos em todas as abadias, mesmo nas que não pertenciam a nossa ordem. E não convidava os monges negros que vinham até a porta de Clairvaux a voltarem para seu próprio monastério.

Sabia que, em Cluny, o abade Pons de Melgueil protestara junto ao papa Calisto II.

Mas, em Cluny, a alma parecia ofuscada pela abundância e o luxo. Como podiam se elevar quando tinham o corpo pesado dos que todo dia comem uma carne gorda e se fartam de vinho? Quando adquiriram o hábito dos cobertores quentes e cantavam numa igreja com as paredes cobertas de tapeçarias de espessa lã?

Queria o corpo magro, que nada que ele experimente o prenda a este mundo, nem o faça preferir o reino da carne ao do espírito.

Pensava em Clairvaux, em nossa ordem, estávamos prontos para essa vida sublime, purificada de toda lama.

Esquecera a humildade.

E fui ferido o mais perto de meu coração.

Depois de meu primo, Roberto de Montbard, ter se hospedado por uma breve estada na abadia de Cluny e ter se tornado noviço em Cister, eu o recebi em nossa ordem.

Eu amava esse jovem e, por esse motivo, mas também porque eu queria que ele fosse o mais puro de nós, zelei para que ele respeitasse nossa regra sem jamais fazer a menor concessão.

Ele jejuou. Trabalhou com as mãos. Despertou no meio da noite e, de manhã, como se tivesse saciado seu sono, voltou para os canteiros de obra.

Ele sentiu frio no dormitório, deitado no fundo de seu leito.

Ele respirou o acre odor dos corpos cobertos de suor.

Ao vê-lo emagrecer, imaginei que, nesses maus-tratos e nessa mortificação, ele encontrava a alegria sublime de se elevar a Deus.

Ausentei-me alguns dias e, quando voltei a Clairvaux, vi que meus irmãos se afastavam de mim como se não ousassem enfrentar meu olhar.

Geraldo foi quem me disse que, depois da visita do prior de Cluny a Clairvaux, Roberto de Montbard decidira deixar nossa abadia e voltar para o monastério onde passara alguns meses sem ser monge nem noviço, e do qual guardava a lembrança de uma vida suave, ou seja, a vida palaciana que ali conhecera.

Depois, eu soube que o abade de Cluny, Pons de Melgueil, conseguira que o papa Calisto II desobrigasse Roberto dos votos pronunciados em Clairvaux e se tornasse monge negro em Cluny.

Alguém compreenderá minha dor?

Deixei minha cela, apesar do extremo cansaço.

O fogo ardia em meu corpo todo.

Andei pelos campos, apesar da neve que caía pesada. Tive o sentimento de que Deus quis me castigar, me ferir no mais fundo de minha fé, para me fazer compreender que o orgulho em que eu me fechara, pouco a pouco, havia me cegado e eu estava vulnerável.

Precisava reconhecer que não prestara bastante atenção a Roberto.

De volta a minha cela, fiquei no escuro por um longo tempo. Depois chamei um irmão e comecei a ditar, andando pelo exíguo compartimento onde precisava abaixar a cabeça.

Eu te feri muitas vezes. Não o nego. É certo que devo ser acusado de tua partida, pois me mostrei excessivamente austero para com a delicadeza de tua idade e não tratei tua juventude com cuidado suficiente. Aí residia, se bem me lembro, o pretexto habitual de teus resmungos, e essa queixa, creio eu, que tu guardas contra mim agora que estás distante... Poderia me desculpar e dizer que era necessário recorrer a esses meios para vencer a petulância da idade em ti, e que a juventude precisa de uma dura e severa disciplina desde cedo. Porque a Escritura diz:

"Castiga teu filho com a vara e livrarás da morte sua alma", *e mais adiante: "Deus castiga os que Ele ama." Mas esqueço essas desculpas...*

Ditei assim por muito tempo, depois fui a nossa igreja e rezei em silêncio, a cabeça apoiada em uma coluna.

Quando saí, a neve tinha parado de cair e a paisagem estava mergulhada em uma espessa brancura. Nenhum passo, nenhuma pegada de lebre ou de javali, nem o menor vestígio de pássaro violara ainda a superfície imaculada.

Pensei então que eu devia me dirigir não só a Roberto, mas a todos os que, em nossa ordem cisterciense ou mesmo na Igreja, se achavam atraídos, como ele, pela vida fácil de Cluny.

Recomecei a ditar:

Desculpa-me por dizer-te, mas tudo o que te concedes quanto à comida, às vestimentas supérfluas, às palavras vãs, à fantasia livre e curiosa, todas as licenças muito distanciadas do que prometeste observar em nossa casa, isso é certamente olhar para trás, é prevaricar, é apostatar!

Lembro-me da cólera que me dominava enquanto eu falava.

Deus decerto me punira pelo meu orgulho, mas compreendi que Ele também queria que eu condenasse esses priores que, sob a pele de ovelha, não passavam de lobos raivosos.

Eu precisava opor-me a essa religião que preconizava o vinho e condenava a abstinência, que chamava de loucura o jejum, as vigílias, o silêncio e o trabalho com as mãos, que se comprazia na tagarelice, no amor pela mesa e na ociosidade.

Enviei essa carta ao prior de Cluny, a Roberto, com cópia a todas as abadias cistercienses.

Estava persuadido disto: Deus me infligiu esse sofrimento para que eu entrasse na cruzada contra todos os que, sob o hábito de monge, até, por que não, sob o de bispo, recusavam a austeridade da verdadeira fé.

Na dor e pela dor que me causara a fuga de Roberto, compreendi que devia lutar pela reforma da Igreja e pelo triunfo da exigência da regra cisterciense.

QUARTA PARTE

ONZE

Fiquei várias horas ajoelhado na cela, apoiado na beirada de minha cama, uma tábua coberta por um colchão de palha e um cobertor delgado.

Orei em voz alta para que as palavras ressoassem em minha cabeça e assim expulsassem de minha memória o relato que um monge, vindo da abadia de Saint-Denis, me fizera de manhã.

Primeiro ele me afirmou que havia saído sem a autorização do novo abade, Suger, um homem sábio que era ouvido pelo rei Luís VI, mas não impusera nenhuma regra aos monges da abadia.

— Suger é mais o abade do rei que dos monges — repetia.

Ele queria ficar em Clairvaux, submeter-se à disciplina, trabalhar com as mãos — e as estendia para mim. Acrescentou que, para ele, não havia outra maneira de viver senão retirando-se do mundo e orando para encontrar Deus por meio do coração, da adoração à Virgem, da meditação dos Livros Santos, e não pelo jogo do raciocínio como faziam agora nas escolas de Paris, onde esqueceram as lições de Guilherme de Champeaux.

Esse nome me emocionou. O bispo de Châlons, que tanto velara por mim, acabava de morrer e aqui, em nossa igreja, celebramos várias missas para acompanhar sua alma até o Altíssimo.

Sabia que, contra Guilherme de Champeaux, que pregava o entusiasmo da fé para viver os mistérios, Pedro Abelardo e seus alunos haviam preferido os exercícios vazios, secos, perversos da razão orgulhosa, imaginando assim se aproximarem de Deus com mais certeza.

— Abelardo refugiou-se na abadia de Saint-Denis — continuou o monge.

Senti um calafrio ao ouvir essas palavras, e logo um desgosto tão grande que não pude impedir-me de vomitar, como se meu corpo quisesse exprimir sua reprovação, sua recusa em admitir que clérigos pudessem se comportar desse modo.

Pois Abelardo amara Heloísa e a engravidara, quando vivia sob o teto do colega Fulbert, tio da moça. Nasceu uma criança, e Abelardo propôs dirimir sua falta casando-se secretamente com a jovem. Tomado de cólera, Fulbert pagou a pessoas criminosas para castigar Abelardo com a castração.

Heloísa tomou os véus em Argenteuil. Abelardo refugiou-se, ainda ensangüentado, na abadia de Saint-Denis, onde cuidaram dele. Mais tarde, ao fim de algumas semanas, ele voltou a ensinar a pedido de seus alunos, embora um concílio reunido em Soissons tivesse condenado sua maneira de pensar.

De modo que ele ainda fazia estragos. Continuava a perverter as almas. Sua conduta parecia-me o filho bastardo de sua filosofia. Ele não amava Deus com o coração. Considerava a fé em Nosso Senhor como um produto do raciocínio e não um ato de amor.

Eis o que eu precisava combater! Eis por que era necessária a submissão a uma regra, à nossa, a dos cistercienses, que ensinava a humildade pela mortificação.

Era preciso que o maior número de homens se entregasse a ela. E que todas as abadias se reformassem a fim de respeitá-la.

Eu não tinha o direito de rejeitar um único monge, uma única abadia que manifestasse o desejo de se dobrar a ela.

Disse ao monge de Saint-Denis que ele podia ficar entre nós, em Clairvaux.

Sabia que a luta seria difícil, que me seria preciso levá-la pela palavra e pela escrita, que eu deveria sair com freqüência de minha cela, de minha abadia, e usar toda a minha força de persuasão para convencer abades, monges, bispos e até o papa. E também os duques, os reis e até o imperador.

Senti uma intensa inquietação. Lembro de ter murmurado com angústia:

— *Sou a quimera de meu século. Nem clérigo nem laico, já tive de abandonar a vida de monge, mais ainda visto o hábito.*

Então, a prece imbuiu-me da certeza de que era essa justamente a minha missão. E que eu precisava fustigar os monges — como fiz ao escrever a carta a meu primo Roberto — e todos os que esqueciam que Deus exige pobreza e amor.

Ser monge não é preferir viver em um retiro confortável.

Comecei a descrever um desses monges satisfeitos e vaidosos que se vêem em Cluny e nas abadias filiadas:

Esse monge é extremamente diligente em tudo que lhe é particular e muito preguiçoso nos assuntos comunitários. Está sempre acordado na cama e dorme constantemente no coro durante as matinas. Não faz mais que cochilar, enquanto os outros cantam. Quando, após as matinas, os outros estão no claustro, ele fica sozinho no oratório, escarra, tosse, só faz incomodar quem está de fora com os gemidos e suspiros que emite do lugar secreto em que se retira...

Escrevi isso em *Os degraus da humildade e do orgulho* e fiz questão que minha carta fosse divulgada por toda parte, a fim de que todos soubessem que eu deflagrara o combate e, nesse confronto, seria impiedoso com meus inimigos, pois o que estava em jogo era a alma e a sorte da Igreja.

E era mais exigente ainda com os meus próximos.

Quando minha irmã Humbelina, que tinha se casado, veio bater à porta de Clairvaux e eu a percebi hesitante, descontente com sua vida, convenci-a a entrar para a vida monástica e submeter-se à mais rígida das regras. Assim ela escaparia às perversões e às armadilhas da vida laica.

Não parei de falar até o momento em que cedeu, dizendo que me obedeceria, que ia se separar do marido.

— É a Deus que tua alma deve ser submissa — disse-lhe.

E mandei que a acompanhassem ao monastério de Jully, perto de Dijon. Soube que ela respeitava todas as imposições da regra mais rigorosa e que um dia haveria de se tornar prioresa desse monastério.

Eu a vencera, pois, e compreendi que a vontade, a obstinação, a habilidade, todas as formas da retórica deviam ser postas a serviço de Deus.

Mas eu tinha inimigos resolutos e tão determinados quanto eu...

Um deles, Pons de Melgueil, o abade de Cluny, era de uma força temível. Ele governava uma ordem que contava com novecentos monastérios na França e cerca de mil e duzentos em toda a cristandade.

Foi ele o lobo raptor que levou meu primo Roberto, o que preferia a fartura à abstinência; foi esse abade que quis ser papa e, como não conseguiu, tornou-se um dos mais próximos conselheiros de Calisto II, que ele manipulou tão bem que o soberano pontífice lhe deu razão contra mim, no caso de Roberto.

Mas Deus velava, e a vaidade perdeu Pons de Melgueil: foi destituído por seus próprios monges e, por fim, partiu para a Terra Santa, não para defender o Santo Sepulcro, mas para fugir e enriquecer.

* * *

Pensei que seu sucessor, Pedro de Montboissier, chamado o Venerável, eleito em 1122 para a direção da ordem clunisiana, seria meu aliado. Um monge o descrevera como um homem sensato. Com apenas trinta anos, diziam-no bom, oriundo de uma família que já dera à Igreja os abades de Vézelay e de La Chaise-Dieu. Era de Auvergne e, portanto, prudente, mas também curioso em relação a tudo.

Asseguraram-me que, assim que chegou a Cluny, ele ordenara que se fizesse a tradução do Corão no propósito de conhecer o livro dos infiéis.

Ele também exigira que a vida de sua comunidade não se voltasse apenas para os prazeres da mesa e do luxo. De modo que imaginei que ele me apoiaria.

Mas ele estava à frente da ordem clunisiana, e a ordem cisterciense, graças a Clairvaux — e a mim, portanto, digo-o sem vaidade —, tornara-se um modelo, a rival de Cluny.

Éramos como dois cavaleiros forçados a se confrontarem num torneio.

Um dia, puseram em minha cama uma carta que ele me escrevera. Avaliei a habilidade de Pedro, o Venerável desde as primeiras frases.

Ele me lisonjeava, falava de sua afeição e sua admiração por mim.

Imaginaria ele que dessa forma pudesse me desarmar?

Em seguida, ele atacava os que me rodeavam, me aconselhavam e escreviam em meu nome.

Mas era a mim que ele acusava de fato!

Nós, os cistercienses, monges brancos, éramos, dizia ele, fariseus "que se consideravam inigualáveis e se alçavam acima dos outros", enquanto deveríamos nos considerar, como qualquer monge, "os mais vis e os últimos dos homens".

E prosseguia: "Vós usais com orgulho um hábito de cor insólita e, para vos distinguir de todos os monges do universo, exibis ostensivamente vossas cores brancas entre os hábitos negros..."

Mas ele formulava acusações mais graves.

Segundo Pedro, o Venerável, nós inventamos obrigações que são Bento, o criador da regra monástica, nunca havia enunciado. E ele argumentava:

"Vós nos acusastes de usar forrações e peles macias que não são prescritas pela regra. Se a regra não menciona qualquer proibição a elas, em nome de que autoridade ousais nos atacar?"

Não pude deixar de admirar a eloqüência de Pedro, o Venerável, a forma como seu espírito distorcido voltava contra mim a regra de são Bento.

Ele dizia ainda que a regra também não publicava nada concernente à alimentação; nada a respeito de trabalho com as mãos:

"A regra não nos recomenda o trabalho pelo trabalho em si, mas para expulsar a ociosidade que é a inimiga da alma."

Reli várias vezes a violenta conclusão: "Vós sois apenas uns dissecadores de sílabas e quereis fazer de Deus um ser semelhante a vós: um especulador!"

Tive a sensação de ter sido esbofeteado e não me lembrava de ter recebido, em toda a minha vida, mesmo na minha infância mais remota, uma tal reprimenda.

Mas eu não era o único que Pedro, o Venerável feria com suas frases depreciativas, irônicas, perversas!

Ele acusava nossos abades, nossa ordem, o que representávamos desde que criamos Clairvaux: a vontade de reformar a Igreja, a começar por seus monastérios.

Era um duelo entre nós, entre o monge negro e o monge branco, pelo melhor serviço a Deus.

Com minha carta a Roberto, fui o primeiro a apontar a lança e atacar. Por sua vez, Pedro, o Venerável feria de estoque e de gume.

Tinha de responder com tanta habilidade quanto a que o abade de Cluny demonstrara.

Decidi endereçar uma longa *Apologia* a Guilherme, abade de Saint-Thierry, evitando assim a acusação de procurar um confronto com Pedro, o Venerável, o choque entre duas ordens monásticas que constituíam os dois pilares da Igreja.

Não queria ser visto, no seio da Igreja, como rival do abade de Cluny.

Eu era de fato "o mais miserável dos homens", como todo monge deve ser, eu estava na "escuridão total", mas tivera o topete de julgar o mundo, de atacar a ordem gloriosa... e os santos personagens que nela levavam uma vida digna de louvores... Ora vamos!

Para astucioso, astucioso e meio! Eu também sabia manejar a ironia, lisonjear como um retórico! Mas também devia enfiar minha lança e não me esquivar apenas com um passo para o lado.

Acusei os que se empanturravam, serviam pratos de peixe, ovos e vinho nas mesas do refeitório, os que adornavam suas igrejas de dourados e sedas.

Ó vaidade das vaidades e mais insensata ainda do que vã!

Quando as veias estão estufadas de vinho e latejam na cabeça toda, o que fazer, ao sair da mesa, senão dormir?

Como rezar numa igreja cujas pedras são revestidas de ouro e nos claustros decorados *de monstros ridículos, de estranhas belezas disformes...?*

Foi isso que escrevi.

Assestei um último golpe ao denunciar a ordem clunisiana e seus abades, onde a luz do mundo se tornara treva, onde o sal da terra se tornara insosso:

Aqueles cuja existência devia ser, para nós, o caminho da vida só nos dão exemplos de soberba: tornaram-se cegos condutores de cegos.

Eu tinha certeza de que os melhores monges, os que a cegueira ainda não havia atingido, e certamente Pedro, o Venerável — de quem me relataram os primeiros esforços para fazer respeitar a regra em Cluny —, apesar de seus ataques contra mim, estava entre eles, leriam minha *Apologia*.

Mas Deus com certeza quis infligir-lhe uma lição mais dura do que a que eu conseguiria administrar-lhe.

* * *

Era o inverno de 1124 e jamais esquecerei o frio e a fome daqueles meses.

Todos os rios, o Aube como o Aujon, estavam congelados. A terra estava tão dura que soava sob a neve como um sino.

Os celeiros dos castelos estavam vazios, e o que dizer então dos celeiros dos camponeses?

Somente a Morte estava saciada e contente, rondando por toda parte com a grande foice no ombro, e nas estradas e florestas encontravam-se corpos humanos e de animais que ela ceifara.

Ela veio até a nossa abadia e colheu, com um amplo gesto do braço, a lâmina cortando o ar gelado, vários de nossos irmãos laicos e de meus monges, tão magros que, quando se aproximavam, temíamos ouvir o chocalhar de seus ossos.

Eu não estava mais doente do que de costume, mas tinha a impressão de que nunca mais conseguiria ingerir o mínimo alimento, tanto meu corpo emagrecera, meu estômago se atrofiara, as paredes coladas uma na outra. No refeitório, quando me ofereciam um pedaço de pão preto, eu levava tanto tempo a mastigar e a engolir que a operação me deixava esgotado.

Contudo, eu continuava a pregar.

Deus lançava o flagelo para nos punir por não termos impedido as faltas que alguns de nós, pertencentes a outras ordens, haviam cometido e por termos permitido que um de nossos abades, Arnold, responsável pela nossa abadia de Morimond, abandonasse seus monges para ir em peregrinação à Terra Santa!

Nossa regra cisterciense teria previsto isso?

Sim, somos punidos por não termos condenado imediatamente o abade Arnold. E aí estão a fome, o gelo, o barulho que faz a foice ao ceifar as vidas!

Era a primavera do ano de 1125; os sobreviventes procuravam no chão de suas tulhas, de seus celeiros, alguns grãos para semear suas terras.

Mas, de repente, viram passar uma tropa de cavaleiros exibindo a pele tisnada dos peregrinos da Terra Santa; à frente, eles reconheceram o abade Pons de Melgueil, que voltava de Jerusalém ávido para retomar a direção de sua abadia e da ordem de Cluny. Atrás dele corria uma horda de soldados, de camponeses, que engrossava, pois os esfomeados esperavam receber de Melgueil sua parte no saque pela ajuda que lhe prestariam.

Pons de Melgueil deu ordem de arrebentar o porão da abadia a machadadas. Acorrentaram Pedro, o Venerável e expulsaram os monges que lhe eram fiéis.

Soldados e camponeses espalharam-se pelo monastério, por suas fazendas e dependências.

Alguns monges de Cluny vieram bater a nossa porta para se refugiarem em nossa abadia. Contaram que Pons de Melgueil pilhara todos os tesouros de Cluny, vendeu os crucifixos, arrancou as placas de ouro do altar.

Fechei os olhos.

Era como se Deus quisesse punir Cluny onde ela pecou. Suas riquezas atraíram os saqueadores que a deixam pobre e despida como deveria ter sido. Pois, uma vez roubados e dissipados os bens da abadia, os ladrões se dispersaram, deixando Pons de Melgueil sozinho.

Então ele teve de fugir para buscar proteção em Roma, junto ao papa Honório II.

Mas alguns visitantes me disseram que ele fora aprisionado, que Pedro, o Venerável recuperara todos os seus direitos sobre a ordem de Cluny e começou a reformá-la imediatamente. Na abadia de Saint-Denis, o abade Suger também reprimira os abusos que corrompiam a comunidade.

Dei graças a Deus.

Eu combatera por Ele e parecia-me que, nesse torneio entre duas maneiras de viver no seio da Igreja e em nossas abadias, as cores que eu defendia saíram vitoriosas.

Contaram-me que minha *Apologia* era lida e comentada em toda parte, em todas as abadias.

Repetiam meus escritos aos superiores da ordem:

O Senhor, por Seu próprio profeta, ameaça pedir aos pastores o sangue dos que morrem em pecado; espanta-me que nossos abades deixem que tais infrações sejam cometidas...

A partir daí, eles as proibiram.

Os *cegos condutores de cegos* haviam recuperado a visão.

Deus nos permitira realizar esse milagre.

DOZE

Era outro inverno de muito frio e de muita fome.

À noite, eu prestava atenção no breve gemido dos troncos que o gelo fendia. De manhã, eu olhava o céu implacável, espelho vazio da adversidade que nenhum pássaro atravessava, nenhuma fumaça embaçava.

Eu ia até a porta de nossa abadia. Ouvia o murmúrio dos pobres que se amontoavam à espera de que distribuíssemos o pouco que nos restava. Seus rostos estavam cinzentos, os olhos tão fundos que já eram cavidades onde a morte morava. E, em nossos campos, na neve, jaziam corpos nus, pois foram despojados de seus andrajos.

Na orla da floresta, brilhavam na penumbra as pupilas dos lobos à espreita.

Diziam que alguns homens, que viraram selvagens, reuniam-se na mata espessa e surgiam como uma horda silenciosa, agarravam as mulheres e as crianças para degolá-las na floresta e assá-las como repasto.

Eu dizia ao prior:

— É preciso dar tudo.

Tínhamos esvaziado os cofres de moedinhas de ouro que possuíamos para comprar, de alguns pançudos e de celeiros ainda cheios, um pouco de grão para distribuir.

Percebia que alguns monges se inquietavam com minha atitude. Eles tinham fome; sabiam que já não dispúnhamos de reservas.

Mostrava-lhes que Cristo não era um imperador nem um príncipe que vivia na opulência. Ele vivera como um pobre. Oferecera seu sofrimento e até sua vida para acudir os miseráveis humanos. Ele era o mais humilde, o mais desprovido de todos nós.

Ele disse: "Aprendei comigo que sou manso e humilde de coração."

E eu continuava:

— *Pergunto-me como o gosto do excesso no beber e no comer, nas vestimentas, na roupa de cama, nos acessórios, na arquitetura pôde se introduzir na casa dos monges, como um monastério é famoso quanto mais piedoso e regular do que as coisas que nele são estudadas, mais consagrado e divulgado...*

Como Cristo, eu queria que fôssemos tão despojados, sofredores, devotados à miséria, praticantes da caridade. Eu repetia: Monges, nós devíamos ser os mais miseráveis dos homens.

Isso era necessário, se queríamos ser dignos de Cristo, do Todo-Poderoso que nos criou a Sua imagem.

Fiquei feliz ao saber que, nas abadias da ordem de Cluny e na de Saint-Denis, os abades despojaram-se pouco a pouco de seus adereços e impuseram aos monges uma regra austera.

A ordem cisterciense, assim se confirmava, servia de modelo. Eu era lido e minhas críticas eram ouvidas.

Escrevi a Suger, o abade de Saint-Denis, conselheiro do rei Luís VI:

Uma boa notícia chegou a mim e só pode fazer bem a todos os que a conhecerem... Quem vos levou a aspirar a uma tal perfeição? Admito que tenho ouvido tantas coisas a vosso respeito que, embora eu as desejasse, não ousaria esperá-las.

Quem poderia imaginar que, num pulo, por assim dizer, íeis elevar-vos às mais altas virtudes e alcançar os mais sublimes méritos.?... O que só, mas totalmente, nos entristecia era o aparato e o fausto que vos acompanhavam em vossos deslocamentos, exibidos com uma certa insolência... Agora, eis que em vossa casa se ocupam de Deus, praticam a continência, zelam pela disciplina, dedicam-se a santas leituras... Nada de conversa fiada alimentada com os ociosos, a habitual algazarra entre rapazes e moças não agride mais os ouvidos.

Dei graças a Deus.

Essa vitória ratificava minha resolução: purificar a Igreja, a fim de purificar o mundo e salvá-lo.

O inverno findou-se lentamente, e uma relva de um verde pálido conseguiu perfurar a crosta terrestre.

Uma manhã, a noite se demorando, ouvi o canto de passarinho e foi como se ele anunciasse que a vida vencera, que Deus era misericordioso, que a Páscoa se aproximava trazendo a alegria da ressurreição.

Senti surgirem novas forças em mim. Devia colocá-las a serviço de Nosso Senhor, perseguir todos os que não respeitavam Sua lei.

Não podia me contentar com o sucesso de Clairvaux, que se preparava para dar nascimento a novas abadias em Igny, em Champagne, em Reygny, perto de Auxerre, e em Ourscamps, na diocese de Noyon. Precisava sair dessas fortalezas da fé para pregar a justa palavra entre os laicos.

Não precisei escolher o momento.

Um dia em que todos os abades da ordem estavam reunidos em congregação, na abadia de Cister, vi entrarem na sala o arcebispo de Sens e o bispo de Paris.

Conhecia o primeiro, Henrique de Boisrogue, chamado "o Javali", que antes levara uma vida escandalosa. Mais tarde, ele se arrependeu, e pensei que essa conversão a uma existência digna de sua missão fosse devida à influência que a ordem cisterciense adquirira sobre a Igreja. Aliás,

Henrique, o Javali pedira-me que escrevesse um tratado *Sobre os costumes e deveres dos bispos* que eu redigi em estado de exaltação.

Ataquei os prelados que cedem às tentações, os ambiciosos que *se consideram miseráveis e até ultrajados se não ascendem a um cargo elevado, ao passo que o bispo deveria ser semelhante àquele que não tem onde pousar a cabeça e vê com olhos de pombo os bens tão divinos quanto transitórios...*

Eu sabia que assim criticava a primeira vida do "Javali", que freqüentara a corte de Luís VI e mostrara-se ávido na busca de todos os prazeres.

Mas ele estava lá, em nossa abadia de Cister, e, com ele, Estêvão de Senlis, que queria reformar o bispado de Paris e fora destituído do cargo e privado dos honorários por Luís VI. O rei da França deixara-se levar por adversários que contestavam as reformas e pretendiam continuar vivendo no luxo.

Ouvi demoradamente o arcebispo de Sens e o bispo de Paris falarem com humildade. Pediam nosso apoio e eu experimentei um sentimento não de vaidade, mas de orgulho. A ordem cisterciense, nós, os monges brancos, e eu, Bernardo de Clairvaux, constituíamos realmente a viga mestra da Igreja.

Eu precisava estar à altura das esperanças que despertávamos, ajudar esses dois homens e enfrentar, portanto, o rei da França.

Entretanto, a princípio o soberano não cedeu a nossos pedidos; pelo contrário, interditou o bispo de Paris.

Voltei a Clairvaux. Orei em nossa igreja.

Alguns anos antes, o papa Calisto II conseguira dobrar o imperador Henrique V na Concordata de Worms, fazendo com que ele desistisse de designar os bispos. Assim terminara a "querela das investiduras".

Agora, cabia a mim dobrar Luís VI. Era preciso que o rei da França respeitasse os direitos da Igreja na pessoa de seus bispos. E eu, Bernardo, abade de Clairvaux, devia fazê-lo ouvir a voz da razão. O monarca devia tremer diante de nós, monges cistercienses, que encarnávamos o poder da palavra divina.

Ditei uma carta dirigida a Luís VI:

Visto que não quereis nos ouvir, vossa impiedade será punida pela morte de vosso primogênito Filipe, que acabais de consagrar. De fato, na noite passada eu vos vi em sonho, prosternados, vós e vosso filho Luís, aos pés dos bispos que ontem desprezastes, e compreendi que a morte de vosso filho Filipe haveria de vos forçar a implorar a Igreja. Ela, só ela, está no direito de permitir a consagração de vosso segundo filho no lugar do irmão mais velho.

Eu vi isso em sonho.

Não fiquei surpreso quando Luís VI prometeu respeitar os abades e os bispos, mas não imaginava que minha vitória despertasse a inveja de alguns cardeais e que, em Roma, me admoestassem. Seria preciso, pois, reformar a Cúria Romana?

Pensei, pela primeira vez, que um dia um monge branco talvez fosse papa, que outros se tornariam bispos, e assim o rigor da ordem acabaria impondo-se em toda a Igreja.

Por enquanto, eu precisava me defender, escrever a Roma dizendo que agira apenas pela justiça e pelo direito dos bispos.

E acrescentei:

Por mais que eu me cale, o rumor das igrejas não deixará de se erguer contra a Cúria Romana se ela mesma não deixar acusar injustamente os ausentes, por complacência com os que a assediam com intrigas interesseiras.

Nunca se deve reerguer a lança nem abandonar o torneio.

Às vezes, porém, eu sentia o cansaço me dominar.

Tinha necessidade da solidão de minha cela de teto baixo, dos murmúrio das preces no oratório, no meio da noite, das vozes do coro ressoando sob a abóbada branca e do canto do passarinho que, ao raiar do dia, fazia voar em estilhaços o silêncio do campo.

Parecia-me que nesse combate necessário em que me opunha a alguns bispos, a abades poderosos, se não ao rei de França ou à Cúria Romana, eu corria o risco de perder a união íntima com Deus, a comunhão com a Virgem Maria que a meditação me proporcionava.

Estava certo de deflagrar o combate certo no mundo laico, obtinha vitórias, mas eu podia, levado pelas disputas de poder e pelas necessidades da luta — e o Altíssimo, eu bem sabia, me observava —, esquecer o objetivo: o amor de Deus.

Esse pensamento confrangia-me de angústia, e eu me fechava em minha cela por quanto tempo me fosse possível. Como o mais anônimo dos monges, submetia-me novamente à regra e mergulhava na prece.

Eu lia os Livros Santos e ditava.

Minha única preocupação era preservar o amor de Deus, essa chama viva que, nascida da graça e do livre-arbítrio, nutria-se apenas do impulso pessoal. As palavras me empolgavam e, quando terminava de me deixar levar pelas frases, eu me dava conta de que havia composto em pouquíssimo tempo, ainda sob efeito da emoção, dois tratados que os copistas iriam reproduzir.

Mas eu queria que esses manuscritos, *Sobre o amor de Deus* e *Sobre a graça e o livre-arbítrio*, fossem tão despojados quanto a arquitetura de nossas abadias. E dizia aos copistas:

— As letras serão de uma só cor e não coloridas!

Eu não queria que o sentido do que havia escrito fosse alterado pela elegância das formas.

Queria, como em nossos prédios, a nudez das pedras, dos traços, a possante harmonia das abóbadas, que os cheios e finos das letras, a simplicidade das linhas ressaltassem toda a força da fé.

Tinha certeza de que assim alcançaríamos uma inalterável beleza.

* * *

Aos que se espantavam, eu sentia que teriam preferido provar sua fé pela acumulação de riquezas, de cores, de ornamentos, eu dizia:

— *Quereis saber de mim por que e como é preciso amar a Deus? Respondo: o motivo do amor a Deus é Deus; sua medida é amá-Lo sem medida. É dizer o bastante? Temos realmente dois motivos para amar a Deus por Ele mesmo: porque nada é mais justo, porque nada é mais proveitoso.*

Muitas vezes eu acrescentava que o amor de Deus nos era dado pela graça, mas nossa liberdade estava em acolhê-Lo.

— *Suprimi o livre-arbítrio e não resta nada a salvar; suprimi a graça e não há de onde venha a salvação. Deus é o autor da salvação, o livre-arbítrio é que a torna possível.*

Caminhava pelos campos em companhia de alguns monges que oravam comigo e sabiam que eu me ausentaria de novo.

Parava.

Um pássaro sobrevoava as lavouras e às vezes pousava nos torrões revirados de onde surgiam os primeiros brotos.

Era uma criatura de Deus.

Eu murmurava:

— *Temos em comum com os bichos o instinto, mas o que nos distingue deles é o consentimento voluntário.*

Pelo sacrifício de Cristo, pelo Espírito Santo, nós sobrepujamos os outros seres vivos, vencemos a carne, triunfamos sobre a própria morte.

Somos liberdade, mas ela nos vem de Cristo.

Eu esmagava um torrão com o pé:

— *Sem Ele, somos menos que a terra.*

TREZE

Olho os seis cavaleiros que entraram pisando forte na sala capitular de Clairvaux.

Têm a pele amorenada e queimada dos que chegam da Terra Santa.

Creio reconhecer um deles, tão mais magro, porém, que hesito em pronunciar seu nome. Ele dá um passo à frente. Sob os cabelos raspados, a testa larga e as maçãs salientes já não me permitem duvidar de sua identidade, mas, antes que levante minha voz, ele diz:

— Sou Hugo de Payns, cavaleiro de Champagne.

Ele se vira para os companheiros e me informa que são todos membros da cavalaria do Templo. Eles vigiam as estradas da Terra Santa que conduzem ao Santo Sepulcro: é onde os infiéis costumam roubar, seqüestrar, assassinar os peregrinos.

Hugo de Payns inclina a cabeça, mostra sua tonsura, começa a nomear os outros cavaleiros: Archambaud de Saint-Amand, Payen de Montdidier, Godefroy de Saint-Omer...

— Somos também cônegos regulares — ele prosseguiu —, pois fizemos votos de castidade, de pobreza e obediência; tomamos o nome de cavaleiros do Templo porque moramos perto do Templo do Senhor, no palácio do rei, e somos cavaleiros de Jesus Cristo.

Eu os escuto. Conheço esses cavaleiros: meu tio André de Montbard é um deles.

— A regra cisterciense — recomeça Hugo de Payns — nós a adotamos, Bernardo de Clairvaux. E se estamos aqui, em tua abadia, é por desejo do papa Honório II, que quer que vás ao concílio que deve se realizar em Troyes nos primeiros dias de janeiro de 1129. Ele quer...

Sinto um assomo de alegria. Ainda tenho na memória as frases de desprezo que o cardeal Haimeric, embaixador da Santa Sé, me dirigira. Eu ousara redigir um tratado intitulado *Sobre os costumes e deveres dos bispos.* Dissera estas palavras dirigidas ao bispo de Genebra:

A cátedra para a qual acabastes de ser eleito, meu caro amigo, exige um homem de muitos méritos. E verifico, com tristeza, que não os tendes nenhum ou, pelo menos, não são suficientes.

O cardeal Haimeric me replicara: "Reprovo as vozes estridentes e importunas que saem dos claustros para perturbar a Santa Sé e os cardeais."

Agora, é o representante do próprio papa, Mateus d'Albano, que me convoca para o Concílio de Troyes, deseja minha participação, e Hugo de Payns e seus cavaleiros estão diante de mim, em nome dele, porque Clairvaux e a ordem cisterciense se tornaram exemplos para toda a Igreja, e minha palavra tornou-se a voz da ordem.

* * *

De modo que parti para Troyes num frio de rachar do mês de janeiro de 1129.

Estêvão Harding, abade de Cister, e Hugo de Mâcon, abade de Pontigny, estavam comigo, em companhia de outros abades de nossas abadias filhas de Cister e de Clairvaux. Lá eu encontrei Henrique, o Javali, arcebispo de Sens, bem como o arcebispo de Reims, os abades de Vézelay e de Molesmes, e meu amigo Teobaldo de Blois, conde de Champagne. Fui de um a outro. Confessei Hugo de Payns e outros cavaleiros.

Compreendi o dilema deles, que era também o meu. Era preciso, claro, defender o Santo Sepulcro, mas seria preciso preferir essa Jerusalém terrestre que nos impunha a cruzada, portanto, a guerra, à Jerusalém celeste para a qual caminhamos pacificamente em nossas abadias e onde, em nossa solidão monástica, já temos a sensação de habitar?

Ouvi o prior da Grande Cartuxa dizer que era inútil atacar os inimigos externos se não dominássemos primeiro os internos:

— Purifiquemos nossas almas de nossos vícios, e então poderemos purgar a terra dos bárbaros!

Fiquei perturbado ao ouvi-lo repetir:

— Não é contra nossos adversários de carne e de sangue que temos de lutar, mas contra os principados, os poderosos, contra os regentes deste mundo de trevas, contra os espíritos do Mal que habitam os espaços celestes, isto é, contra os vícios e seus instigadores, os demônios!

Por muito tempo pensei que a Jerusalém terrestre, aliada à Jerusalém celeste, era Clairvaux, e que se devia preferir o claustro em nossa ordem à conquista e à cruzada.

Mas eu estava também no mundo, e nele a ordem cisterciense desempenhava um papel cada vez mais importante. O papa Honório II era sensível a nossas prédicas.

Podíamos esquecer este mundo laico em que vivia a grande maioria dos homens?

Podíamos ignorar as guerras sem fim que cindiam os cristãos pela posse de ducados e condados de Champagne, da Borgonha, de Anjou, da Aquitânia, de Flandres?

Podíamos fechar os olhos às violências que cristãos perpetravam contra humildes fiéis, os lavradores, e também à luta contra a Igreja que os reis às vezes deflagravam?

Era preciso defender Belém e Nazaré, o monte das Oliveiras e o Santo Sepulcro, a boa terra, a cidade santa de Jerusalém já conquistada, mas espezinhada pelos infiéis que atacavam sem trégua os peregrinos.

A guerra civil era um dos aspectos do mundo que eu devia olhar de frente, sem me contentar em dizer, como fiz por tanto tempo, que era preferível ser monge a ser cavaleiro.

Era preciso que os cavaleiros cristãos compusessem uma "milícia nova" em que cada um seria como um monge, submisso à nossa regra.

Cavaleiros que não fariam guerras de rapina e pilhagem, não lutariam por ambição em expedições que não fossem santas.

Também condenei os soldados que *vão fazer guerra com tantos gastos e sofrimentos, para não receberem outro salário senão a morte ou o crime.*

Conhecia esses guerreadores que saqueavam as colheitas, pilhavam castelos e igrejas: eram cristãos inimigos de outros cristãos.

Eu lhes disse:

— *Vestis vossos cavalos de seda, revestis vossas couraças de não sei quantos excessivos pedaços de tecidos, polis vossos machados, vossos escudos, vossas selas, adornais vossos bridões e esporas com uma profusão de ouro, prata e pedras preciosas e, nessa pompa, com uma fúria vergonhosa e um ardor descarado, correis para a morte!*

Era disso que a cristandade precisava ser limpa.

Para que a paz reinasse entre os fiéis e restasse a única guerra legítima, a dirigida contra os infiéis.

Por cima das armaduras, os cavaleiros vestiriam uma túnica branca marcada com a cruz, uma veste branca e longa com capuz como a dos monges cistercienses.

Cavaleiro *e* monge, não mais cavaleiro *ou* monge.

E, assim, a cruzada seria um outro caminho, tão justo quanto o retiro monástico, para chegar a Deus.

* * *

Eu disse:

— *Ide, pois, com toda a segurança, cavaleiros, e enfrentai sem temor os inimigos da cruz de Cristo... Regozija-te, corajoso atleta, se sobrevives vencedor no Senhor, rejubila-te e regozija-te ainda mais se morres e te juntas ao Senhor!*

Via Hugo de Payns e seus companheiros ajoelhados, cabeças baixas, dizendo suas orações:

Era bem essa a cavalaria de um novo gênero, desconhecida nos séculos passados... O soldado que reveste sua alma com a couraça da fé como reveste seu corpo com uma couraça de ferro está, ao mesmo tempo, livre de qualquer temor e em perfeita segurança, pois, ao abrigo de sua dupla armadura, ele não teme nem o homem nem o diabo. Longe de temer a morte, ele a deseja: de fato, o que pode temer aquele para quem, na vida ou na morte, o Cristo é a vida, e a morte é um benefício?

A morte: dá-la, recebê-la...

Não parei de pensar na morte durante vários dias, após o término do Concílio de Troyes que começara em 13 de janeiro de 1129.

Lembrava-me com nostalgia de minha Jerusalém ao mesmo tempo celeste e terrestre: a abadia de Clairvaux.

Mas Deus quis que eu agisse e falasse no mundo. Não podia mais fechar os olhos, tapar os ouvidos.

Soube que Pedro Abelardo, depois de ter errado de monastério em monastério, criara o eremitério do Paracleto, perto de Nogent-sur-Seine, e lá continuava a receber estudantes, a difundir sua orgulhosa e perversa doutrina.

Um dia também será preciso organizar uma cruzada contra ele até que se submeta ou sucumba.

Assim, por diferentes caminhos do pensamento, eu estava ligado à morte, à guerra, à cruzada.

Logo, a esses templários que formavam uma nova milícia, a de Cristo.

* * *

Eu queria que esses cavaleiros do Templo pudessem fazer a guerra com a consciência completamente em paz e escrevi:

Eles não temem pecar ao matar seus inimigos, nem se achar em perigo de serem, eles mesmos, mortos. Na verdade, é por Cristo que eles dão ou recebem a morte, de modo que não cometem crime algum e merecem uma glória a mais. Se matam, é por Cristo; se morrem, Cristo está neles... Disse, pois, que o soldado de Cristo dá a morte com toda a segurança e a recebe com mais segurança ainda... Quando mata um malfeitor, ele não comete um homicídio, mas um "malicídio"; ele é o vingador de Cristo contra os que fazem o mal e obtém o título de defensor dos cristãos.

Mas era preciso que esses cavaleiros de Cristo, com a túnica branca marcada com a cruz, se mostrassem tão rigorosos com a própria vida quanto os monges brancos.

Nova milícia do Templo, como uma filha guerreira da ordem cisterciense.

Relataram-me o modo como eles viviam.

Nunca ficavam ociosos, mesmo quando não estavam em campanha. Consertavam suas armas e suas roupas, tonsuravam os cabelos. E não procuravam elegância, raramente tomavam banho, a barba descuidada e hirsuta, incrustada de poeira, a pele bronzeada, massacrados pela armadura e pelo sol.

Eles se armavam. Não se adornavam.

Dizem-me que eles eram ao mesmo tempo mais ternos que cordeiros e mais ferozes que leões.

Então, como chamá-los: monges ou soldados?

Monges-soldados.

QUINTA PARTE

QUATORZE

Era uma manhã de uma suavidade azulada da primavera do ano de 1130.

Parara no meio da lavoura. Dos monges, eu só via as costas curvadas, manchas brancas que se destacavam sobre os sulcos de terra preta.

Ergui a cabeça, e a mudança das árvores da floresta, para além das sebes, me surpreendeu. Já não pareciam um exército ameaçador sitiando a abadia, os troncos e os cumes nus como lanças em riste. Estavam revestidas de uma penugem de folhas como a primeira lã nem bem encaracolada de um cordeiro.

A emoção me invadiu.

Os rebentos, as folhas frágeis anunciavam a ressurreição.

Agradeci a Deus por me haver concedido assistir de novo a essa festa, a essa alegria da renovação que reerguia a vida após o longo silêncio do inverno.

Eu já estava no meu quadragésimo ano e pensava na brevidade da existência de Cristo nesta terra.

Ajoelhei-me no relvado e tive a impressão de afundar tão fofo era o solo preparado para dar nascimento aos caules, às espigas.

Deus me concedera esta vida mais longa que a de Cristo para que, apesar da fraqueza de meu corpo e da dor que eu sentia no peito a todo instante, ardor que nunca se extingue, às vezes apenas amenizado, eu O servisse com todas as minhas forças.

Quando me reergui, vi caminhar em minha direção um grupo de noviços que eu observava com ternura.

Todo dia, novos jovens se apresentavam à porta da abadia. Tratava-se geralmente de estudantes que deixavam as escolas de Châlons, de Paris, de Reims ou de Langres, atraídos pela austeridade de nossa regra, de nossa recusa do mundo, nossa exigência de pobreza.

Dizia-lhes:

— *Confiai em minha experiência: encontrareis em nossas florestas algo mais que em vossos livros!*

Observava-os com atenção. Zelava por eles como pelos filhotes de passarinho do meu ninho. Nenhum deles desistia, ainda que os dispersássemos para formarem enxames. Clairvaux já dera nascimento a seis outras abadias e sete estavam prestes a vir à luz.

Declarei aos noviços que se agruparam ao meu redor:

— *Olhai as árvores da floresta. Nossa ordem cisterciense é como a mais forte delas. Há o tronco: é nossa abadia de Cister; e quatro ramos principais, as primeiras filhas: Morimond, La Ferté, Pontigny, Clairvaux. Por sua vez, cada uma delas, sendo Clairvaux a mais forte, deu nascimento a outras. A ordem cisterciense é como uma árvore que se ramifica; de cada ramo surge um novo ramo e todos sobem verticalmente para o céu.*

* * *

Deixei os noviços com os trabalhos da lavoura e voltei para a abadia.

Lá me esperava um monge de Saint-Denis.

Tinha a fisionomia carrancuda, a pele e a túnica escura cobertas de poeira. Fora enviado pelo abade de Saint-Denis, Suger, e desejava falar a sós comigo.

Recebi-o em minha cela e o escutei.

Enquanto ele falava, tive a impressão de que o céu que eu vira tão azul, tão sereno, rachava-se diante de meus olhos e dessa fenda escorria uma torrente de lama misturada de sangue.

Deus, por que era preciso isto: a Igreja dividida?

Com a morte do papa Honório II em 13 de fevereiro de 1130, dois grupos de cardeais elegeram, cada qual por seu lado, um sucessor. Um, Inocêncio II (Gregório Papareschi), cardeal de Santo Ângelo, era respaldado por Haimeric, o chanceler da Santa Sé, e tinha o apoio da família romana, os Frangipani. O outro, Anacleto II (Pietro Pierleoni), cardeal de São Calisto, tinha o apoio de sua própria família.

O sangue correra em Roma. Os Pierleoni — "descendentes de judeus convertidos", murmurara o monge com desprezo —, junto com o populacho romano, invadiram a basílica de São Pedro e depois a de Latrão para entronizar com pompa o candidato deles. Distribuíram escudos de ouro à multidão, e Inocêncio II, abandonado até pelos Frangipani, teve de deixar a cidade, ir até Pisa e Gênova, e lá tomar um barco para Saint-Gilles do Ródano, onde desembarcou. Estava em Arles. O abade de Cluny, Pedro, o Venerável, enviara-lhe uma escolta de sessenta cavaleiros para que ele pudesse comparecer ao concílio que ia se reunir em Étampes, no mês de setembro, a fim de ser reconhecido pelos bispos, pelos reis da França e da Inglaterra, e pelo imperador, como o único sucessor legítimo de são Pedro.

Em nome de Pedro, o Venerável e do abade Suger, o monge convidava-me a ir a Étampes para manifestar meu apoio a Inocêncio II e condenar o antipapa Anacleto II.

O monge saiu, e eu fiquei prostrado, sozinho em minha cela, com o sentimento de que meu corpo se partira sob as abóbadas de nossa abadia cujas colunas desmoronaram, porque as próprias pedras angulares se quebraram e me soterraram, esmagando-me.

Se bem compreendi, o cisma entre Inocêncio II e Anacleto II, ambos eleitos em circunstâncias estranhas, pois cada lado tentara se impor pela força, a luta entre um papa e um antipapa, significava a Igreja ameaçada de ruir; era como se nossas construções, a começar por minha abadia de Clairvaux, tivessem sido devastadas, e as paredes, destruídas, demolidas.

Isso não devia, não podia acontecer!

Na Igreja, o papa era o pilar da fé, o sustentáculo de toda a abóbada. Era preciso apoiá-lo. Primeiro, portanto, escolher entre um e outro, entre Inocêncio II e Anacleto II.

Não hesitei muito tempo.

Inocêncio II era apoiado pelas ordens monásticas, por abades como Suger e Pedro, o Venerável, os de Cluny e Saint-Denis que se submeteram às minhas críticas e começaram a reformar suas próprias abadias.

Anacleto II, ao contrário, tinha o apoio das grandes famílias romanas, sobretudo a de Pierleoni, preocupadas em controlar o papado em proveito próprio. Para eles, era um caso de ambição — um Pierleoni sonhava ser pontífice — e ouro.

Minha escolha estava feita.

Eu seria a voz da ordem cisterciense no Concílio de Étampes. Levaria a devoção de todos os abades, pedras angulares da Igreja.

Disse ao enviado do abade Suger, quando lhe comuniquei minha ida a Étampes e meu apoio a Inocêncio II:

— *Os que são de Deus estão com ele. Ele é o verdadeiro eleito de Deus.*

Essa frase mudaria minha vida.

Saí de Clairvaux para Étampes, mas, enquanto atravessava as terras acidentadas da Borgonha e as tão extensas quanto o mar do reino de França, sob um céu tempestuoso do fim do verão de 1130, não imaginava que, a serviço de Inocêncio II, portanto a serviço da Igreja católica que ele representava, durante os anos seguintes eu iria, como um pássaro migratório, de um concílio a outro, de uma extremidade a outra da cristandade.

Vi tantas cidades, tantos palácios, ducais, reais, imperiais, rezei em tantas igrejas, observei tantos rostos novos que às vezes tinha a sensação de estar atordoado, a ponto de não reconhecê-los.

Nesses momentos, tive a impressão exata de ser *um passarinho que ainda não tem penas, quase sempre forçado a sair do ninho, minha abadia, exposto ao vento e às intempéries.*

A primeira vez que senti essa sensação foi em setembro desse mesmo ano de 1130, ao chegar à planície em cujo horizonte as catedrais de Chartres e de Étampes se recortavam como o alto mastreamento das naus.

Essa imensidão dourada — a colheita apenas iniciada, eu via os camponeses caminharem curvados sob o peso das espigas — me ofuscou.

Tive certeza de que Deus escolhera meios para que o reino da França fosse o maior, o mais nobre da cristandade, talvez porque Clóvis, o bárbaro franco, quis ser batizado e assim se tornou o primeiro rei cristão. E porque ele orou diante das relíquias de são Martinho de Tours, o evangelizador, o soldado romano, que outrora se tornara o primeiro dos monges, depois bispo e eremita.

Ergui os olhos acima dessa planície generosa.

Vi revoadas de pássaros negros de asas enormes roçarem as espigas maduras.

Era preciso defender a colheita.

Deus oferecia: era a graça. Como uma alma livre, o homem devia fazer germinar e amadurecer, mas também proteger esse dom de Deus do furto e da rapina.

Ainda e em toda parte era o tempo da cruzada. Eu mesmo era um monge cruzado que brandia o estandarte da Igreja; portanto, o do papa Inocêncio II.

Em Étampes, vi o rei da França, Luís VI, rodeado pelos abades Suger, Pedro, o Venerável e pelos bispos do reino.

Eu me adiantei sentindo o peso de seus olhares sobre mim. Adivinhei-lhes a ansiedade. Ainda não havia falado. Como Geraldo, bispo de Angoulême, e a maioria dos prelados do Sul, conseqüentemente o duque Guilherme de Aquitânia, eu podia me negar a reconhecer Inocêncio II, alegar que sua eleição fora irregular e apoiar Anacleto.

Mas eu era a voz da ordem cisterciense cujas abadias surgiam em todas as terras da cristandade.

Com a voz mais forte que consegui extrair do meu peito dilacerado pela dor, arrancar de meu corpo esgotado pela caminhada, eu disse:

— *Inocêncio II tem em sua defesa o testemunho de sua conduta. Ele é o firme sustentáculo da verdade. É o papa e devemos dar-lhe o pleno poder.*

Comungamos juntos, Luís VI, os bispos e os abades.

Em seguida, voltei à estrada em companhia do monarca para ir ao encontro do papa. No constante nevoeiro das margens do rio, entrevi os cavaleiros da escolta, os monges de Cluny, que ladeavam o novo pontífice.

Encontrei-me com ele em Saint-Benoît-sur-Loire, ajoelhei-me diante dele e ele me levantou, estreitou-me contra o peito, conservando-me a seu lado, enquanto Luís VI se prosternava, fazia juramento de fidelidade e obediência e conseguia que seu filho, o menino Luís, fosse sagrado por Inocêncio II, de modo que, no dia em que a morte surpreendesse o rei, o rapaz se tornaria Luís VII, rei da França.

Assim comecei a aprender o que era o governo dos homens e como, para servir a Deus neste mundo, era preciso conhecer as leis que regem a ambição dos poderosos, avaliar o poder de que dispõem. E por que meios, eu que não usava o gládio, que não era chefe de um exército de cavaleiros, conseguiria pôr reis e duques e até o imperador a serviço de Deus e, portanto, do papa e da Igreja.

Foi a isso que me dediquei.

Dispunha das poderosas armas da escrita e da palavra e tinha, atrás de mim, a união do grande grupo das abadias cistercienses.

Mas precisava percorrer as estradas ao lado de Inocêncio II, entrar no palácio do rei da Inglaterra, em Rouen, e no do duque de Aquitânia, em Poitiers.

Descobri toda a diversidade de nossa cristandade, os telhados de ardósia de Liège, os de terracota da Aquitânia.

Senti latejar essa seiva cristã que, a partir de Martinho de Tours e de Clóvis, gerou as novas igrejas e, no meio das clareiras, nossas abadias.

Eu ouvia a pancada dos machados dos monges-lenhadores desmatando as florestas, lavrando a terra, imitados pelos camponeses.

Assim, a cristandade tornava-se país de messe em toda parte.

A paz precisava reinar entre os cristãos, e a unidade se construir como se juntam as pedras para erguer uma igreja.

No Concílio de Clermont, ao lado de Inocêncio II, pedi que a trégua entre os combatentes se estendesse da tarde de quarta-feira até a segunda, para que os cavaleiros em vez de se digladiarem por ambição, pelo desmesurado gosto de glória, procurassem os templários, e, se quiserem continuar a manejar o gládio, que se tornem monges-soldados de Cristo.

Depois saí de Clermont e fui a Rouen para encontrar Henrique I Baucher, rei da Inglaterra e duque da Normandia, quarto filho de Guilherme, o Conquistador.

Henrique I era uma enorme massa de carne de rosto avermelhado que, talvez para esquentar o corpo nesse janeiro de 1131, bebia e arrotava, as pernas esticadas, o longo gládio entre as coxas, apoiado na barriga.

Ele rosnou quando lhe pedi que reconhecesse Inocêncio II como papa. Alegou que seu pai fora amigo dos Pierleoni, e Anacleto II já lhe havia enviado um representante.

Eu me empertiguei, estendi o braço para ele:

— *Tendes receio de trair vossa consciência obedecendo a Inocêncio II? Pensai em Deus antes de responder por vossos outros pecados! Por ele, mandai-o a mim, e assumo a responsabilidade!*

Senti que Henrique I estava abalado e ataquei de novo como um templário que quer derrubar o adversário. Por fim, o rei inglês aliou-se a Inocêncio II.

Assim, pude medir o poder que Deus me dera, a eficácia e a força de minha palavra, energia que a ordem cisterciense me proporcionava.

Portanto, não fiquei surpreso quando Inocêncio II me pediu que o acompanhasse. E percorremos as estradas, eu, mais freqüentemente, a pé, enquanto o papa cavalgava ou dormitava envolto em cobertas numa espécie de charrete.

Estivemos em Chartres, onde Inocêncio II recebeu os bispos. Depois, caminhei sob uma chuva fina incessante, no meio do cortejo pontifical, até Liège, cidade do Império.

Nunca tinha visto uma cidade tão industriosa — nem Troyes nem Reims podiam igualá-la.

Os malhos dos ferreiros ressoavam em todas as ruas, e ouvia-se o rangido dos instrumentos dos tecelões. As fachadas das casas eram decoradas com mosaicos. O palácio do imperador do Sacro Império Romano-Germânico, onde Lotário III nos recebeu, era tão ricamente mobiliado que senti um certo mal-estar, quase náusea, diante da exagerada abundância de tapetes, de madeiras preciosas, de ouro, de espelhos, de peles.

Onde ficavam a branca virgindade de nossas paredes altas, a austeridade de nossas abóbadas, a verticalidade nua de nossas colunas? Como se podia viver em um luxo assim, sufocante como um muco viscoso que enche a boca e exala seus eflúvios nauseabundos?

Terá sido essa impressão de estar conspurcado pelo luxo que me deu força para me erguer contra o imperador Lotário III?

Ele acabava de dizer, diante do papa, como um mercador, que concederia seu apoio se Inocêncio II desistisse de aplicar a Concordata de Worms, que retirava do imperador o direito de investidura dos bispos.

Vi que o papa recebeu essa proposta como um ultraje, mas limitou-se a recusá-la com um gesto de cabeça, e os bispos e abades presentes se curvaram, tão altivo, tão insolente era o tom do imperador que não admitia qualquer réplica.

Eu me levantei com um salto sem nem refletir no que ia dizer.

Estava movido por uma revolta que nascera em mim, certamente por obra de Deus.

Olhei as paredes do grande salão cobertas de tapeçarias que representavam cenas de caça e de bebedeira.

E esse homem, que vivia nesse palácio, queria recuperar o direito de investir os bispos? Quem ele poderia escolher senão homens que se lhe assemelhassem?

Declarei com uma voz que tencionei tão forte e determinada quanto a do imperador:

— *O que foi jurado no ano de 1123 entre vossos predecessores, o papa Calisto II e o imperador Henrique V, o que foi escrito em Worms, a Concordata destinada a pôr um fim à querela das investiduras, não pode ser extinto sem insultar a Deus e renegar a palavra sagrada trocada, sob Seu olhar, entre um papa e um imperador. Foi selada, e nenhum de vós tem o poder de perjurá-la!*

Continuei de pé, desafiando com o olhar o imperador Lotário III. Ele não ousou me responder. Fez um gesto de mão que pretendia ser de desprezo, dando a entender que me relegava ao anonimato. Mas inclinou-se diante de Inocêncio II.

Eu conseguira a vitória; era a de toda a Santa Igreja. Eu, abade de Clairvaux, mostrara que nossa ordem cisterciense segurava com as duas mãos o gládio de Deus.

Depois que o imperador saiu, os abades e bispos reuniram-se em meu redor para me felicitar, me cumprimentar por minha coragem.

Que coragem? Estava a serviço de Deus como um templário ou um monge que revolve a terra e lê os salmos.

O papa afastou os que me cercavam, olhou-me demoradamente e murmurou que eu era o melhor filho da Igreja.

Em seguida, acompanhei-o à abadia de Saint-Denis, a Auxerre, a Reims.

Toda vez eu me surpreendia com os clérigos — monges negros, abades, bispos — que vinham em minha direção. Apesar de meu corpo frágil sob a túnica branca, eles me falavam como se eu detivesse a força de que precisavam. Diziam que queriam aplicar a regra cisterciense, que estavam prontos a se reunirem a nós ou a acolher em seu bispado uma de nossas novas abadias.

Já contávamos treze, só das filhas de Clairvaux.

Como poderia eu, que em poucos meses me tornara a personificação de Clairvaux, recolher-me no ninho? Mais que nunca eu era um monge itinerante.

Portanto, caminhei novamente ao lado do papa.

Inocêncio II mudara desde sua chegada à França. Falava com mais segurança, fortalecido com o juramento de obediência do imperador Lotário, dos reis da Inglaterra e da França e dos de Castela e Aragão.

Mas não consegui convencer Guilherme, o duque de Aquitânia, a abandonar a causa de Anacleto II. O duque seguira seus bispos fiéis ao antipapa. Seria preciso enviar uma cruzada ao Sul e ainda vencer Rogério, rei da Sicília e duque de Apúlia.

Exultei de reconhecimento e alegria quando Inocêncio II me disse que desejava fazer uma parada em nossa abadia de Clairvaux antes de voltar à Itália.

Ele disse que pôde avaliar o devotamento e a força da ordem cisterciense, encarnada naquele que a representava.

— Deus nunca esquece os serviços que Lhe prestam — acrescentou. — Como o papa poderia fazê-lo? Como poderia esquecer Bernardo de Clairvaux e não rezar em sua abadia?

Os monges o cortejaram e entoaram o mais vibrante dos coros, as vozes ressoando sob as abóbadas, enroscando-se como uma arácea em torno das colunas, antes de depositar aos pés do altar o fervor de toda a nossa comunidade.

Inocêncio II rezou ajoelhado a meu lado.

Depois se sentou à mesa abacial. Em sua honra, naquele dia mandei colocar diante dele, entre o pão preto e os legumes cozidos, um peixe preparado à nossa maneira: sem gordura nem sal, carne branca cozida na água.

Em Clairvaux, eu queria que mesmo as festas fossem tão austeras como nossa regra.

A verdadeira alegria vem da fé que trazemos em nós, não dos sabores nem das cores do mundo.

QUINZE

Eu me ajoelhei em minha cela, os antebraços pousados no colchão de palha de minha cama, a testa enfiada entre meus punhos. Era noite, mas eu fechei os olhos para me concentrar ainda mais em Deus e me recolher.

Orei com fervor. Pensei que durante algumas horas, alguns dias talvez, Ele me deixasse abrigado atrás dos muros da abadia, a reencontrar os odores do refeitório, a voz do prior, os rostos de meus irmãos Guy, Geraldo, André, Bartolomeu. A viver as alegrias de compartilhar, quando, no oratório, as vozes do coro se elevam e o canto vos banha como a água do batismo.

Acreditei ou fingi acreditar que eu voltara a ser um simples monge branco, abade de Clairvaux. E que podia ouvir meus irmãos, os monges arquitetos Achard e Godofredo d'Aignay, dizerem-me, na sala capitular, que era preciso construir um novo claustro, uma nova abadia, uma nova igreja nos terrenos perto do Aube dentro do nosso domínio que se estendera até lá. Alguns modestos camponeses haviam doado suas concessões à abadia, nobres ofertaram domínios inteiros, ou parte deles, e todo dia jovens — muitas vezes homens que já haviam atravessado a maior parte do rio da vida — vinham bater à nossa porta desejosos de se submeter a nossa regra, implorando para ser recebidos.

Eu ouvi.

Íamos semear ainda mais: seriam a décima quarta e a décima quinta filhas de Clairvaux. Cada vez mais afastadas da nossa Borgonha e nossa Champagne, seriam erguidas na Inglaterra e nos vales mais agrestes e recônditos dos Alpes, na Itália. Nossa semente santa se espalhava e, depois de germinados, os novos brotos também se tornariam mães. Assim, sem que inimigo algum consiga arrancar jamais nossas raízes, cortar nossos ramos, mutilar nossa ordem, seríamos a seiva e o arcabouço da Igreja.

Adivinhei inquietação em certos olhares de alguns de meus monges. Eu os compreendia. Aproximei-me de cada um, mergulhei meu olhar no deles, desejoso de sondar suas almas, de ler seus pensamentos, de ajudá-los a vencer a angústia respondendo a perguntas deles.

Tinham medo de que a ordem se dissolvesse, perdesse a unidade à medida que se expandia, como o vinho perde a cor e o sabor quando o diluímos com muita água em nossas canecas.

Disse-lhes:

— *Zelemos para que o Senhor habite primeiro cada um de nós e, depois, em todos nós em conjunto: Ele não se recusará às pessoas nem à universalidade delas. Que, antes de tudo, cada um se esforce, pois, a não estar em desacordo consigo mesmo!*

E acrescentei:

— *O que é necessário é a unidade, essa parte excelente que nunca mais nos será tirada. A divisão cessará quando a plenitude chegar.*

Ele disseram depois de mim:

— *Deus é eternidade como é caridade... Por mais desmesurado que seja, Ele sempre será a medida da própria imensidade.*

* * *

Mas Deus não deixou muito tempo para eu me recolher e me alimentar dos cânticos que ecoavam sob as abóbadas de nossa igreja.

Mensageiros vinham bater à porta da abadia.

Perturbavam o ofício, puxavam-me pela manga de minha túnica, forçavam-me a sair do oratório para ouvi-los.

Vinham comunicar-me que Guilherme de Aquitânia depusera o bispo de Poitiers, que era fiel a Inocêncio. O duque perseguia todos os que não reconheciam Anacleto. Seu conselheiro era Geraldo, bispo de Angoulême, mais obstinado que nunca a unir todo o Sul ao antipapa que o designara como seu delegado, recebendo, ainda por cima, os impostos de todos os bispados.

Esperavam que eu fosse a Guilherme convencê-lo a desistir do erro, apoiar Inocêncio II e deixar de ser um duque excomungado.

Dia após dia, outros mensageiros me importunavam. O papa Inocêncio II estava em Pisa e convidava-me a encontrá-lo, pois o exército de Lotário III dirigia-se a Roma. Será que estávamos seguros sobre o imperador, visto que algumas pessoas à volta dele aconselhavam-no a pedir a renúncia do papa e do antipapa para que ele mesmo elegesse um novo pontífice que lhe fosse conveniente e sujeito a sua influência?

Mas o que se tornariam Roma, a Igreja, a cristandade subordinadas ao poder imperial?

Precisa deixar Clairvaux e combater.

Caminhei e cavalguei até Gênova e Pisa.

Durante todo o trajeto, camponeses, clérigos, senhores vinham a mim, o monge branco de Clairvaux. Eles sabiam meu nome e o repetiam com uma veneração na voz que me emocionava, mas também me sobrecarregava de responsabilidades.

O abade da Cartuxa, depois de ter me hospedado na abadia por uma noite e rezado a meu lado, segurou minhas mãos e disse-me:

— Bernardo de Clairvaux, sois o profeta da cristandade. Vós é que ireis curar a chaga e pôr um fim ao cisma. Que Deus vos ilumine!

Afastei-me tão rápido quanto pude, repetindo-me que a humildade devia ser minha companhia, que era preciso esquecer, tão rápido quanto tinha ouvido, as propostas que solicitavam esses homens e essas mulheres que esperavam de mim milagres.

Eu era apenas Bernardo de Clairvaux, um pobre monge que havia consagrado sua vida a Deus e que então se batia pela Igreja com as armas que o Senhor lhe concedera.

Conheci o mar em Gênova e Pisa. Percorri os cais desses dois portos e ouvi o rumor das vagas a se quebrarem contra os molhes, a batida dos cascos das embarcações que a onda entrechocava.

Preguei.

Desejei que essas duas cidades cristãs em luta entre si, ambas querendo dominar a Córsega, celebrassem a paz.

Estávamos em janeiro de 1133. Um vento frio varria o céu, vindo dos Alpes e dos Apeninos.

Braços cruzados dentro das largas mangas de minha túnica, fui de uma cidade a outra. Li os tratados, duramente negociados com os enviados de Gênova e de Pisa, e submeti minhas propostas a Inocêncio II. Em Pisa tive o assentimento do primaz da Sardenha. Em Gênova, da metade dos seis bispos da Córsega e alguns milaneses.

Inocêncio II aprovou meu projeto.

Carregaram-me em triunfo em Gênova, aclamaram-me em Pisa, a mim, o frágil monge branco.

Homens gordos e vigorosos, munidos de punhal e gládio, com anéis nos dedos, colar de soberania pendurado sobre o colete de veludo e arminho, inclinavam-se diante de mim.

Assim devia ser a Igreja: forte em sua fraqueza, rica em sua pobreza, orgulhosa em sua humildade.

Em minha presença, os representantes de Gênova e de Pisa rubricaram um tratado de aliança que os unia na luta contra os aliados de Anacleto II.

Na península, o antipapa só dispunha agora do apoio do rei Rogério, da Sicília. Mas ainda era popular em Roma e se fechara no Vaticano e na basílica de São Pedro, certo de contar ainda com a ajuda que lhe dariam as grandes famílias da cidade, os Frangipani e os Pierleoni.

Depois que lhe expus a situação, Inocêncio II, enquanto me ouvia, ergueu um pouco a mão do braço da sua cadeira como para manifestar seu cansaço e sua impotência.

Diz que acabava de saber que o imperador Lotário já estava nas portas de Roma com alguns milhares de soldados, decidido, mais que nunca, a conseguir a demissão dos dois pontífices, a fim de eleger um novo que ele escolheria. Compreendi, nesse instante, que Inocêncio II estava prestes a renunciar.

— Se isso é necessário para a união da Igreja, se o imperador assim o quer e Deus o deixa agir, por que eu me oporia? — murmurou ele.

Creio que gritei pela primeira vez diante de um papa:

— *Deus oferece e o homem escolhe! Deus dá a graça, mas o homem é livre! Se o papa renuncia, prosterna-se diante do imperador, não é decisão de Deus, é do papa, e só ele prestará contas ao Senhor!*

Estendi o braço:

— *É preciso dizer não!*

Não o larguei mais; não parei de falar-lhe até chegarmos a Roma, onde Lotário III já entrara com seus soldados. Mas o imperador estava alojado em São João do Latrão, cujo povo estava do lado de Inocêncio II. E ele se recusava a enfrentar as tropas de Anacleto II, refugiadas no quarteirão do Trastevere.

Essa situação não me dizia nada de novo.

Andei por muito tempo pelas ruas de Roma, descobrindo a cada passo vestígios desse império pagão, o de Nero, que a Igreja vencera após ter ofertado tantos mártires à ferocidade dos homens e dos animais, nos anfiteatros dos quais o maior erguia diante de mim sua muralha de tijolos vermelhos.

Pedi para ver o imperador. Ele me recebeu no meio de seus soldados vestidos de couraças e armados de machado, lança, dardo e gládio. Contudo, eles se afastavam diante de mim como se eu brandisse uma arma desconhecida que os aterrorizava.

Parei em frente a Lotário cujo semblante e atitude — queixo apoiado no punho, esgar de desprezo sulcando as faces — revelavam contrariedade.

— Eu te conheço, Bernardo de Clairvaux — diz ele. — Tu não és bispo. Tenho à minha volta os bispos do Império.

Apontou esses prelados que curvavam a espinha sob os hábitos dourados.

— Tu não passas de abade e pretendes ditar a lei?

— *Falo em nome dos concílios. Em nome das ordens monásticas e das abadias, que são os santuários dos bispos, dos reis — e teus também, imperador Lotário!* —, respondi. —*Todos reconheceram Inocêncio II como o único papa legítimo. E agora querias tratá-lo como o antipapa que ninguém mais apóia, salvo uns poucos excomungados? E tu, a quem a Igreja tem o poder de sagrar ou de expulsar de seu seio, querias anular os concílios, pôr Inocêncio II num prato da balança e Anacleto II no outro? Mas quem és tu para ditar a lei de Deus?*

Saí sem esperar resposta. Os soldados abriram caminho, e a maioria inclinou-se a minha passagem.

Tive certeza de que Lotário faria o mesmo.

Alguns dias mais tarde, em 4 de junho de 1133, ele se apresentou no pórtico da basílica de São João de Latrão para ser sagrado por Inocêncio II.

Antes de entrar na basílica, ele pronunciou este juramento que o ligava ao papa:

— Eu, Lotário, rei e imperador, juro e prometo a vós, soberano pontífice Inocêncio II, único papa legítimo, e a vossos sucessores proteger vossa vida, vossa liberdade, vossos direitos, vossa dignidade pontifical, defender os feudos de São Pedro que são de vossa propriedade e ajudar-vos, quanto me seja possível, a tomar posse dos que não mais possuís.

Ele adentrou a basílica caminhando sob a abóbada que se enchia de vozes. Ajoelhou-se diante de Inocêncio II, que lhe pôs a coroa imperial sobre a cabeça. E o papa repetiu o mesmo gesto diante da imperatriz.

Eu estava ajoelhado entre os monges brancos. Eu conquistara essa vitória.

Mas cada coisa humana tem seu reverso. Só a fé é una. Sagrado imperador, Lotário não demoraria em Roma. Seus soldados já haviam começado a deixar a cidade onde Anacleto II e seus partidários continuavam tão poderosos quanto ameaçadores.

Era preciso, pois, que Inocêncio II também saísse dali.

Atravessamos o Tibre. Olhando as muralhas romanas, o mármore dos templos, os fustes das colunas caídos por terra, pensei que ninguém, nem mesmo o império mais poderoso do mundo, podia resistir a Deus.

Tinha certeza de que um dia Inocêncio II voltaria a Roma de cabeça erguida.

Entretanto, durante todo o percurso de volta, não parei de me afligir.

Eu rezava enquanto caminhava para tentar dissipar essa inquietação que me confrangia. Entrava nas igrejas para me ajoelhar diante do altar.

Olhava a paisagem de colinas amenas em cujo cume erguia-se um oratório, um monastério, um lugar de peregrinação ou uma cerca de altos ciprestes rodeando o túmulo de um santo.

Contudo, essa beleza e essa suavidade do mundo não conseguiam me fazer esquecer as amarguras que vivenciei em Pisa, em Gênova, em Roma, as longas contendas que precisei travar para convencer Lotário e até mesmo o papa Inocêncio II.

Às vezes eu parava, sentava-me num campo de oliveiras; pensava que essas árvores eram semelhantes às que Jesus vira na Terra Santa, onde vivera sua vida humana, traído finalmente por um de seus acólitos. Dessa maneira, Nosso Senhor quis nos ensinar que, a todo momento, um homem pode escolher o mau caminho, trair, perjurar.

Entretanto, é na medida de sua caridade que se aprecia o valor de cada alma.

Voltei aos muros de Clairvaux, a meus irmãos.

Seria a fadiga da longa viagem desde Roma, dos dias de caminhada pelos campos, da travessia dos Alpes? Eu estava tenso e parecia-me que alguns monges, em vez de trabalharem na lavoura, tagarelavam, rindo como passarinhos que saltitam e esvoaçam sem saber que um gato vai dar um salto.

Mas o mal estava ali, rondando, oferecendo suas tentações: a preguiça, os prazeres dos sentidos, os camponeses que se aproximavam de nosso claustro, curiosos e turbulentos.

Eu me irritei:

— *Quantos peixes maus não fui obrigado a arrastar! Quantos peixes que me dão preocupação e tristeza não juntei em minha rede quando minha alma se ligou a vós?*

Tive a impressão de que meu próprio irmão Bartolomeu sorria de minhas palavras. Senti-me outra vez irritado, ordenei-lhe que deixasse o monastério imediatamente.

Mas, assim que ele deu alguns passos e desapareceu logo em direção às granjas, quis chamá-lo. Se, como eu pensara, cada alma era julgada por sua caridade, eu agira como um homem medíocre, indigno do hábito branco que usava, da função de abade de Clairvaux que eu assumira.

Procurei Bartolomeu. Ele me respondeu que fora expulso sem motivo e não pretendia se submeter aos artigos da regra referentes ao retorno de um monge ao mosteiro de onde fora expulso.

E a assembléia dos monges que consultei — pois eu precisava duvidar de mim, e era bom que eu me humilhasse, já que tinha errado — deu razão a ele.

Entrei em nossa igreja e me ajoelhei diante do altar. O silêncio profundo me fazia encolher os ombros. Pedi perdão a Deus.

Compreendi que de tanto agir entre os homens, de tanto intervir em suas guerras, em suas conciliações, eu corria o risco de esquecer a verdade e as exigências de Deus.

Ele é comprimento sem distensão, largura sem extensão. Em ambas as dimensões, Ele excede igualmente os estreitos limites do espaço e do tempo, mas pela liberdade de Sua natureza, não pela enormidade de Sua substância. Assim, é desmesurado Aquele que tudo fez com medida.

Lembrei-me dessa irritação errônea nas diversas vezes em que me encontrei com o duque de Aquitânia, para convencê-lo a aliar-se a Inocêncio II e assim escapar à excomunhão que o atingira por ter apoiado Anacleto II.

O duque era um homem corpulento, de olhos esbugalhados mas fugidios, o que revelava sua duplicidade e tergiversações.

Recebeu-me pela primeira vez em seu palácio de Poitiers, e me garantiu que voltaria ao seio da Igreja. Contudo, mal acabávamos de sair da cidade, achei que ele não manteria a palavra.

Disse ao monge branco Godofredo, bispo de Chartres, que me acompanhava, que Guilherme ia se desdizer. Ele não era homem de resistir aos prelados partidários de Anacleto II nem ao delegado desse antipapa, Gil de Tusculum.

Parei em Parthenay. Enviei um mensageiro a Guilherme para avisá-lo de que dentro de dois dias celebraria uma missa na igreja de Notre-Dame-de-la Couldre, e essa seria a última oportunidade que Deus ofereceria a ele.

— Ele virá — confiei a Godofredo.

Estava imbuído da certeza que Deus nos incute quando Ele quer que o homem cumpra Seu desígnio.

Vi chegar Guilherme X, duque de Angoulême. Ficou parado no umbral da igreja como um excomungado.

Atravessei a nave e fui até ele levando a hóstia.

Nada poderia deter-me.

Quando fiquei de frente para ele, senti que todos os olhares dos fiéis estavam voltados para mim.

As palavras saíram de minha boca como um jato impetuoso:

— *Nós rezamos e vós nos desprezastes. Recentemente, quando de uma entrevista anterior que tivemos convosco, a multidão dos servidores de Deus vos suplicou, e vós só mostrastes desdém. Mas eis que vem a vós o Filho da Virgem, que é o Chefe e o Senhor desta Igreja que perseguis. Eis vosso juiz em cujas mãos cairá vossa alma. Também a Ele irás desprezar como desprezastes Seus servidores?*

Olhei para o duque Guilherme e para os homens de armas que se juntavam em torno dele.

Não senti medo algum. Minha palavra era mais afiada que seus gládios. E Deus me protegia melhor do que as armaduras deles.

Guilherme começou a respirar ruidosamente, o corpo sacudido por tremores. Ele empalideceu, gemeu e caiu como se estivesse ferido. Seus companheiros de armas tentaram levantá-lo, mas logo ele caía de novo, os olhos revirados, as mãos tentando afastar a gola como se estivesse sufocado.

Toquei-o com o pé e disse:

— *De pé, Guilherme! Submetei-vos ao papa Inocêncio II e, assim como toda a Igreja obedece a ele, vós também obedecereis a esse soberano pontífice que Deus, Ele mesmo, elegeu!*

Conduzi o duque até o bispo de Poitiers que ele havia expulsado de sua diocese por apoiar o papa Inocêncio II. Eles se abraçaram e se ajoelharam lado a lado diante do altar.

E os cânticos, como uma onda, mergulharam todos no fervor.

* * *

Alguns dias depois, o duque Guilherme ofereceu um domínio à ordem cisterciense, onde seria erguida uma nova filha de Clairvaux, a abadia de La-Grâce-Dieu.

Voltei para Clairvaux.

Era outono: o céu, as árvores, os campos pareciam cobertos por uma poeira dourada.

Em mim, o cansaço era como uma doce presença.

Eu combatera e vencera. A Aquitânia se submetera. Os bispos partidários de Anacleto II arrependeram-se ou abandonaram suas catedrais para se fecharem no silêncio de um monastério. Mas nada estava definitivamente ganho. Cruéis rivalidades opunham mutuamente alguns clérigos. Assassinaram o prior de São Vítor de Paris, o decano do capítulo de Orléans... Como tudo neste mundo, a Igreja era coisa divina e humana ao mesmo tempo.

Ao chegar a Clairvaux, soube que o abade Estêvão Harding, que me fizera nascer para a vida monástica, em Cister, acabara de morrer.

Orei. Lembrei-me de santo Agostinho: "O homem anda sempre sobre um tapete de folhas mortas."

DEZESSEIS

Em minha cela, abri o Cântico dos Cânticos e comecei a relê-lo à luz de um círio.

Tive a impressão de que cada palavra era uma carícia e essa era uma sensação que eu havia esquecido.

Desde que dirigi a cruzada pelo papa Inocêncio II, servi-me da palavra como de um gládio para ferir o imperador Lotário III e vencer o duque Guilherme de Aquitânia.

Redescobri que as palavras exprimiam o amor.

Virei lentamente as páginas para não quebrar depressa demais a comunhão que se estabelecia entre mim e o texto sagrado, acima do tempo.

Era esse aspecto da palavra, quando ela exprime o amor, que eu precisava repor em uso.

Fechei os olhos.

Esse cântico, eu devia penetrar-lhe o sentido, como fizeram antes de mim — Orígenes, são Gregório, o Grande —, não me cont em repetir que ele diz o amor de Salomão por sua nova mulher, mas enu ciar que esse amor é o amor de Deus e dos homens pela Igreja, que é santa esposa.

Deixei minha cela e fui andar nos campos em direção às margens do Aube em cuja proximidade se erguiam os muros das novas construções da abadia.

Parei diversas vezes para ouvir o rumorejar do rio, o dos passarinhos aninhados nas árvores altas.

Experimentei um sentimento misto de deslumbramento e exaltação.

Eu amava este mundo criado por Deus.

Pensei: *Quem ama, ama o amor. Ora, amar o amor fecha um círculo tão perfeito que nele o amor não tem fim.*

Encobrindo o canto da água e dos passarinhos, ouvi risadas de mulheres.

Camponesas muitas vezes vinham pela beira do rio. Algumas lavavam roupas, ajoelhadas, os braços nus mergulhados na água corrente. Ao vê-las, lembrei-me das que eu freqüentara antes de conhecer o amor de Deus.

Temia que alguns de nossos jovens noviços ficassem fascinados pelo pecado da carne, a maior das tentações demoníacas. Eu dizia:

— *Deixemos as garridices às mulheres. Elas só têm mundanidades na cabeça e se preocupam em agradar aos maridos.*

Mas elas procuravam seduzir somente a seus esposos?

Eu me indignava freqüentemente com os monges que pertenciam a ordens esquecidas da regra, que se deixavam atrair pelos prazeres mais vergonhosos.

Precisava reunir todos esses pensamentos em sermões sobre o Cântico dos Cânticos. Assim:

Como é preciso ser estúpido para não ver que recusar o casamento é dar brida solta a todas as infâmias... Tirai da Igreja o casamento honesto e o leito sem sujeira e a vereis invadida pelos concubinários, pelos incestuosos, os espalhadores de esperma, os voluptuosos, os homossexuais, em uma palavra todas as espécies de imundice.

Lembrava do indigno exemplo de Pedro Abelardo ao engravidar Heloísa, a sobrinha de Fulbert, professor como ele. Mas o cruel castigo que ele recebeu, as condenações que o aniquilaram não embaçaram sua glória. Ao contrário, ele continuava a espalhar seu veneno. Ele, o concupiscente, o voluptuoso, repetia, segundo me contavam, que "ao duvidar, somos incitados a procurar e, ao procurar, discernimos a verdade".

Com seres iguais a ele, era o concubinato do pecado da carne com o pecado da razão que se realizava.

Era preciso apenas amar a Deus e esposar a Igreja.

E dizer:

Amo porque amo. Amo por amar. É muito bom que o amor, quando retorna a seu princípio, volta a sua origem e vem sempre buscar em sua própria fonte as águas com que faz sua correnteza.

Eu quisera me deixar levar por essa correnteza. Escapar ao abismo da miséria do mundo sem fé, ao atoleiro de quem não conhece o amor de Cristo.

De que valiam os outros amores comparados a essa resplandecente fusão com Nosso Senhor?

As palavras vinham a mim:

"Que ele me beije com um beijo na boca." Quem pronunciou essas palavras? A esposa. E quem é ela, a alma alterada de Deus? Consideremos as diferentes afeições dos homens para que se distinga mais claramente o que é próprio da esposa. O escravo teme a face de seu senhor; o mercenário não espera senão a recompensa de seu chefe; o discípulo acredita em quem lhe ensina; o filho honra o pai. Mas a que reclama um beijo, essa, sim, ama.

Eu sentia que a única maneira de ser fiel a Deus não era duvidar nem raciocinar, como pregavam Abelardo e muitos de seus alunos, mas, sim, amar.

E lembrei-me de são Paulo, que dizia: "Que aquele que não ama o Senhor Jesus seja anátema!"

Mas tive de parar de ditar meus sermões sobre o Cântico dos Cânticos.

Tive de fechar esse livro e, ao fazer esse gesto, foi como se eu me ferisse.

Pois novamente os mensageiros de Inocêncio II me esperavam.

Nosso papa estava inquieto e, a ouvi-los, também fiquei.

A chaga do cisma estava cicatrizada em quase toda a cristandade, da Aquitânia ao Império Germânico, mas o rei Rogério, da Sicília, que ainda apoiava Anacleto II, conquistara todo o sul da Itália, com exceção de Nápoles.

E o antipapa não tinha renunciado.

Fez de Roma sua cidadela. De modo que a ferida mais cruel infligida à Igreja continuava aberta e purulenta.

Já não era o caso de falar do amor divino, de ler o Cântico dos Cânticos, mas, antes, de retomar a estrada e lançar-me com todas as minhas forças na batalha.

Doravante, eu falava em nome dos vinte abades nascidos de Clairvaux. Representava a ordem cisterciense e também os monges brancos que se tornaram bispos, como Hugo de Vitry, o companheiro dos primeiros dias de minha vida monástica.

Eu era uma força.

Percorri, pois, uma vez mais os caminhos da cristandade, e, nessa primavera acidulada de 1135, conheci a cidade de Bambergue onde o imperador Lotário III reunia os políticos do Império.

Via vassalos do imperador: cavaleiros, barões, duques, condes do Império. Rodeados de soldados, eles tilintavam suas esporas nos ladrilhos do palácio imperial de Bambergue, entrechocavam suas armas, falavam alto; o ouro de seus anéis e seus adornos me ofuscava.

Fiz reinar o silêncio e convenci-os de acompanhar Lotário, seu imperador, à Itália para enfrentar Rogério da Sicília e impor a autoridade de Inocêncio II em toda parte.

Eles me aclamaram, a mim, Bernardo de Clairvaux, o monge branco que visivelmente tinha como única arma apenas a minha voz; mas eles sabiam que eu representava o exército santo das abadias e dos clérigos.

Quando deixei Bambergue para ir à Itália, não imaginava que, durante meses, ainda enfrentaria homens dominados somente pela ambição e pelo ódio.

Na Lombardia e na Toscana, os cristãos opunham-se uns aos outros como se combatessem infiéis. Pisa, Cremona, Piacenza estavam em guerra contra Milão.

Fui de uma cidade a outra para tentar restabelecer a paz entre elas.

Em Milão, porém, a multidão expulsava os arcebispos — um favorável a Anacleto II, o outro, seu sucessor, partidário de Inocêncio II. Entrei, pois, nessa cidade para tentar fazer as violências cessarem. Preguei ali com todo o vigor e a cólera que essas divisões, essas rivalidades entre homens que a fé deveria ter unido me inspiravam.

Disse:

— *Muito me espanta a impudência dos que nos desprezam, por causa de sua obstinação e rebeldia, e tampouco ousam, com a insistência de suas preces, receber o Deus de toda pureza em seus corações maculados.*

Ousei enfrentar multidões hostis, clérigos desdenhosos que viravam a cabeça à minha presença. Sou obstinado. Ao término de algumas semanas, senti que os olhares que me dirigiam haviam mudado.

Um dia, em frente à catedral, uma mulher se aproximou, apresentou-me uma menininha de corpo paralítico, contorcido, que fazia caretas.

Emocionei-me às lágrimas com esse rosto deformado.

Orei. Invoquei Deus, supliquei-Lhe que me desse forças para curar a criança.

Pareceu-me que uma onda de calor percorria meu corpo, estendi as mãos e segurei entre as palmas as faces da menininha. Depois fechei os olhos.

Gritos lancinantes explodiram de repente, misturados com soluços e risos, e adivinhei que a multidão de fiéis que saía da catedral também extravasava sua alegria.

Reabri os olhos.

O esgar que sulcava o rosto da meninazinha havia desaparecido.

Deixei minhas mãos em suas faces como se temesse que, ao retirá-las, o milagre findasse.

Mas fui forçado a me afastar dela, pois os fiéis se aglomeravam a meu redor, puxavam-me pelos braços, arrancavam pedaços de pano de minha batina para transformar em relíquias.

Recuei diante dessa multidão exaltada, mas sem tirar os olhos de cima da menininha que, de corpo aprumado, me sorria.

Entrei na catedral de Santo Ambrósio. Ajoelhei-me diante do altar e agradeci a Deus. Depois me virei e exortei os fiéis a reconhecerem o único papa legítimo, Inocêncio II.

Aclamações ressoaram sob as abóbadas da catedral e, pouco a pouco, compreendi o que os fiéis gritavam: eles queriam Bernardo de Clairvaux para arcebispo da cidade deles!

Aos poucos, consegui acalmá-los, explicando-lhes que eu era abade de Clairvaux e não podia aceitar a missão de que eles queiram me encarregar.

Saí de Milão conturbado pelo que vivera ali, guardando comigo um sorriso de criança.

Fui a Pisa, onde Inocêncio II reunira um concílio. Falei diante dos bispos, dos cardeais, dos abades. Consegui a excomunhão de Anacleto II, porém, mesmo naquele momento, era o sorriso da criança curada que eu continuava a ver diante dos meus olhos.

Durante toda a viagem de volta para Clairvaux, meditei sobre essas ações de Deus de que eu fora o instrumento. Todas estavam ligadas. Deus era unidade.

Disse isso ao reencontrar minha abadia.

O silêncio e a serenidade que ali reinavam me apaziguaram. O prior comunicou-me que Guilherme, abade de Saint-Thierry, pedira para ser recebido em nossa ordem, e escolhera ser monge branco na abadia de Signy, nas Ardenas.

Lembrei-me de Guilherme, que ficara tanto tempo em minha cabeceira quando a doença me derrubara, e senti uma alegria infinita. Ele se reuniu a nós, portanto.

Agradeci a Deus por mais esse sinal de união que me dava.

Fui até os novos prédios de nossa abadia.

Os arcos foram lançados de uma parede alta a outra. Com as batinas brancas cobertas de poeira, os monges trabalhavam no acabamento das obras. Eu me aproximei deles. Pude avaliar seu cansaço pela lentidão dos gestos, pelas rugas que sulcavam seus rostos exangues.

Disse-lhes adivinhando seu esgotamento:

— *Tendes um corpo cuja conduta pertence evidentemente a vossa alma. Deveis, pois, zelar por ele, a fim de que o pecado não o domine e seus membros não forneçam armas à iniqüidade.*

Mas também deveis submetê-lo à disciplina para que ele produza frutos dignos da penitência; deveis castigá-lo e submetê-lo ao jugo.

Conhecereis assim a alegria da união.

DEZESSETE

Revi Clairvaux num dia de sol claro e frio.

A luz branca reverberava nas altas paredes dos novos prédios, da igreja e do claustro agora concluídos.

A abadia estava mais nobre ainda, mais ampla, mais pura do que eu jamais imaginara quando pensava nela no meio das multidões esgoeladas que se aglomeravam a duras penas nas ruelas sombrias das cidades italianas.

Quis conhecê-la em todos os seus recantos e amplidões.

Percorri a passos lentos as novas salas, o refeitório, o oratório, a igreja principal e os dormitórios.

Eu estava exausto e, no entanto, à medida que via as possantes colunas, a nudez mineral das paredes, o milagre das grandes abóbadas que encimavam a nave como arcos invertidos, recobrava as forças.

As pedras eram vivas. Eram ao mesmo tempo reflexo e fonte do amor de Deus.

Senti-me humilde e orgulhoso de ser um monge branco e abade de Clairvaux. Eu pertencia a essa ordem cisterciense que fazia nascerem fortalezas da fé no meio das florestas, nos altos vales alpinos, na Inglaterra e na Itália, no reino da França e no Império Germânico.

Dormi em Chiaravalle, nossa Clairvaux italiana. Fui acolhido nas abadias de Hautecombe e de Aulps, antes beneditinas, agora cistercienses.

Quando pensava nessa ramificação que se expandia, experimentava um sentimento de gratidão para com o Senhor e para com meus irmãos que dedicavam suas vidas a Deus e permitiam que se elevassem em toda parte essas pedras verticais que permaneceriam, após nossa passagem por aqui, como relíquias inalteráveis, belas e puras de nossas pobres vidas.

Quando eu pensava nisso, avaliava quanto os combates em que me meti no século pareciam ao mesmo tempo necessários e inúteis.

Era aqui, no amor de Deus, no silêncio e no isolamento, que podíamos nos aproximar de Deus, nos diluir na fé e morrer para o mundo a fim de viver com Ele.

Retomei o livro do Cântico dos Cânticos, e as palavras vieram-me de novo.

Apesar da fadiga, ditei sermões da madrugada até a noite para lavar-me de todas as imundices de que me impregnara durante esses meses de luta no mundo, ainda que se tratasse de defender a Igreja e pôr fim a um cisma.

Li e reli, rezei; meus sermões nasciam dessa meditação, dessa necessidade de expressar meu amor por Deus.

Li:

— *Sou absolutamente obrigado a amá-Lo, a Ele por quem eu existo, vivo e possuo a sabedoria... Aquele que se recusa a viver por Vós é certamente digno de morte, Senhor Jesus, e certamente já está morto... De resto, o que é o homem se não Vos fizestes conhecido por ele?... Chamai para Vós, Senhor, o pouco que concedestes que eu seja. Recebei, suplico-Vos, o que me resta dos anos de minha miserável vida, em troca dos que perdi em vida, pois vivi na perdição; não recuseis um coração contrito e humilhado.*

Ajoelhado em minha célula, eu sofria, meu corpo maltratado, os membros doloridos, recordando todos os dias que perdi a distrair-me com os assuntos do mundo, e não em amar a Deus. Eu murmurava:

— *Meus dias esvaíram-se como uma sombra e escoaram sem nenhum fruto.*

Então eu saía de minha cela, dirigia-me a meus irmãos monges, aos noviços que voltavam para mim os olhares atentos em que eu lia, muitas vezes, a veneração.

Eu dizia:

— *Aquele que quer existir por si mesmo e não por Vós, Senhor, começa a ser um nada entre todo o resto.*

Aprende com Cristo, ó Cristão, como amar a Cristo. Aprende a amá-Lo com ternura, a amá-Lo com sabedoria, a amá-Lo com força... Que o Senhor seja agradável a tua afeição contra as ternuras criminosas da vida carnal, e que assim uma ternura vença uma ternura como um prego expulsa outro prego... Que vosso amor seja forte e constante!

Vivi assim durante meses num silêncio ritmado pelos trabalhos e ofícios, pelos sermões e preces, pela leitura e escrita, e o tempo passou tão depressa que, quando recebi os mensageiros do mundo, descobri que estações se sucederam sem que eu prestasse atenção, pois via somente eclodirem os botões, e as folhas caírem.

Eu saíra da Itália no fim do ano 1135, e o papa me enviava um monge que irrompeu em minha cela num dia de fevereiro de 1137.

Recebi-o como se deve receber o que Deus nos dá — pode ser uma prova, e será preciso abandonar novamente essa paz, esse cântico de amor de Deus, para voltar à estrada.

Fiz sinal para que o monge falasse e fechei o Cântico dos Cânticos.

Comecei a ouvi-lo e senti um nó na garganta ao saber que o rei Rogério da Sicília não só perseverava em apoiar o antipapa Anacleto II, como, depois de conquistar as costas da Tunísia, formara um exército de infiéis, mercenários sarracenos que ele mandara desembarcar nas costas da Campânia.

Estremeci de horror e desespero enquanto o monge falava, ao imaginar os crimes, as violações, as profanações que esses infiéis teriam cometido nos campos e nas cidades cristãs.

E era um soberano cristão, também ele, que utilizava as curvas armas sarracenas para cortar, retalhar o corpo de católicos!

Como eu podia aceitar isso? Como não fazer de meu amor por Deus uma arma?

Era preciso expulsar esses infiéis das terras cristãs e, portanto, vencer Rogério da Sicília.

Não mais ditei palavras de amor, mas palavras de guerra para incitar o imperador Lotário III a ir à Itália acompanhado de seu genro, Henrique da Baviera, a fim de que as forças a serviço de Inocêncio II e da Igreja fossem o mais numerosas possível.

Eu precisava convencer o imperador. Tinha de conseguir, pois era sacrilégio permitir que tropas de infiéis levassem a morte ao povo crente sob as ordens de um rei cristão que servia às ambições de um antipapa cismático e excomungado.

Escrevi a Lotário III:

Não me compete exortar a guerra. Entretanto, digo com convicção, é papel do protetor da Igreja expulsar da Igreja essa fúria de cismáticos que a invade, e é competência de César arrancar sua própria coroa ao usurpador siciliano!

Mas eu devia fazer mais: devia ir à Itália e enfrentar, eu mesmo, Rogério da Sicília. No íntimo, eu tinha fé em minha palavra e na força de minha convicção.

Ele não era o primeiro soberano que eu faria dobrar e entrar no caminho reto!

* * *

Voltei, pois, à estrada.

Era tempo de chuva. Os Alpes, naquele mês de fevereiro de 1137, ainda continuavam cobertos de neve, e as abadias, onde eu me abrigava por uma noite, estavam geladas.

Estava esgotado, transido de frio, batendo os dentes com a sensação de não poder desenrolar meu corpo contraído, gelado, dolorido.

Escrevi a meus irmãos de Clairvaux:

Minha alma ficará triste até minha volta para junto de vós e ela não quer ser consolada enquanto eu aí não estiver.

Mas eu sabia que precisava de várias estações até reencontrar os muros brancos e as pedras vivas de minha abadia.

Fui a Luca, que as tropas de Henrique da Baviera queriam destruir depois de massacrar todos os habitantes, porque essa cidade apoiara Anacleto II.

Atravessei as fileiras de soldados germânicos que mal se afastavam a minha passagem. Cobertos de armaduras, eles me esmagavam do alto de sua estatura gigantesca. Nunca eu sentira tanto a minha fraqueza como na presença daqueles homens que olhavam com desprezo o pequeno monge branco de rosto emaciado que se aventurava no campo deles.

Mas o valor de um homem não se resume na força ou na fraqueza de um corpo. Sua fé e o amor que ele dedica a Deus conferem potência a sua alma. Ao lado desses gigantes, eu me sentia invencível.

Como eu não haveria de convencer Henrique da Baviera a poupar Luca, visto que a destruição da cidade acarretaria a morte de milhares de cristãos?

* * *

Reencontrei aquela massa de carne cujos olhos mal rasgavam a face avermelhada. Consegui que desistisse de seu projeto de destruição, e ele se contentou em cobrar um tributo à cidade.

Contudo, esse sucesso estava longe de anular o desespero que me roía desde que saíra de Clairvaux. Como não ficar atormentado e mortificado tendo de tratar com esses homens vis, ávidos, impiedosos?

Nas beira das estradas, camponeses apavorados contavam-me as torturas, as violações, as rapinagens, os massacres perpetrados pelas tropas infiéis.

Eu ouvia, calava-me; não ousava pensar na missão de que me encarregaram o imperador Lotário e o papa Inocêncio II: ir ao rei Rogério, da Sicília, para persuadi-lo a abandonar Anacleto.

Parecia-me que nunca chegaria a Salerno, onde Rogério da Sicília, depois de desembarcar com suas tropas, instalara seus quartéis. Escrevi ao arcebispo de Pisa, Balduíno, dizendo o que sentia enquanto caminhava para o meu destino:

Sob o mais insistente pedido do imperador e com procuração do papa, dobrado pelas preces do Príncipe da Igreja, nosso Inocêncio II, sofrendo e, para meu grande desgosto, claudicante e doente, trazendo em todo meu rosto os indícios de uma morte próxima, dirigi-me para Salerno... Miserável, com os meus dias contados, ditei esta carta em meio a lágrimas e soluços...

Alguns meses mais tarde, quando voltei a Clairvaux em meado do ano de 1138, encontrei a cópia dessa carta.

Como consegui sobreviver ainda a todas essas estações, quando meu corpo estava alquebrado, devorado pela acidez que me queimava do ventre à garganta?

Em minha memória, parece-me que a cada dia que Deus criava tinha a impressão de que ia me deitar na terra, à espera de que a morte viesse me libertar.

E, no entanto, agi.

* * *

Entrei no palácio do rei Rogério e apostrofei-o em nome da esposa dos crentes, nossa Igreja.

Intimei-o, a ele, o último monarca a apoiar Anacleto II, a juntar-se ao papa legítimo.

Ele riu, declarou que, nas próximas horas, ia massacrar na planície de Ragnano as últimas tropas de Lotário III comandadas por um genro dele, Ranulfo de Alise.

Repetindo esse nome, Rogério disse que ia entregar o corpo aos rapinantes e brandiu o punho serrado diante de meu rosto.

As palavras jorraram de minha boca:

— *Rei, eu vos digo, se fordes à luta, sereis vencido!*

Riu de novo e, com um gesto, mandou que me tirassem do recinto.

Na soleira, quando os soldados me rodeavam, repeti uma vez mais:

— *Rei, sereis vencido!*

E aconteceu o massacre de uns e de outros, em 30 de outubro de 1138, sob a tempestade que varria a planície de Ragnano.

Vi essa guerra imunda em que se enfrentavam um rei cristão e um vassalo do imperador protetor da Igreja. Vi cavaleiros de Ranulfo de Alise decapitados pelo sabre dos mercenários infiéis de Rogério da Sicília.

Mas este foi vencido, como eu dissera, e, quando o reencontrei, estava raivoso, tentando disfarçar o medo e a humilhação, procurando um meio de tirar desforra. No entanto, li a inquietação no olhar que me lançou: ele se lembrava do meu aviso.

Ouvi-o, fanfarrão e prudente, preocupado, agora que fora derrotado, em não perder tudo. Quanto a mim, eu devia pensar no futuro, esquecer os mortos que vira na planície, o sangue misturado com a água barrenta.

Eu precisava dar lugar ao perdão, o melhor caminho para Rogério da Sicília, que recorrera aos infiéis para massacrar cristãos, recuperar seu gládio e abandonar Anacleto II.

* * *

Concordei em que ele organizasse um torneio oratório entre mim e um partidário do antipapa: com a malícia franzindo-lhe os olhos, ele disse que obedeceria a quem saísse vencedor.

Entrei, portanto, na liça depois de ouvir Pedro de Pisa, o campeão de Anacleto II.

Senti imediatamente subir dentro de mim um fluxo de calor que trazia as frases como se cada uma que eu pronunciava fosse projetada na direção de Pedro de Pisa e, mais além, na de Rogério e os vassalos que o rodeavam.

Há somente uma única fé, um único Senhor, um só batismo, como só houve uma arca no começo do dilúvio... E, se a arca que Anacleto dirige é de Deus, então toda a cristandade deve perecer, pois ela está toda na arca de Inocêncio II, toda com seus reinos, suas ordens monásticas, a cisterciense e a premonstratense, a clusiana e a cartuxa, e com elas estão os bispos. Aprouve ao céu que a religião não desaparecesse toda da face da Terra, enquanto a ambição dos Pierleoni e de Anacleto, cuja vida todos conhecem, conquistaria o Reino dos Céus!

Falei, e todos se levantaram numa mistura de vozes, em exclamações que voavam sob as abóbadas, gritando que Anacleto e os Pierleoni fossem expulsos da Igreja.

Agora eu estava com frio; um suor gelado banhava meu corpo todo. Dirigi-me a Pedro de Pisa, que abaixava a cabeça. Tomei-lhe as mãos, estreitei-o contra mim e murmurei:

— *Irmão, entremos juntos na única arca verdadeira, a do papa Inocêncio II!*

Assim foi.

Anacleto II morreu em 25 de janeiro de 1138 e, nessa noite, seu corpo foi jogado numa cova para que a terra o engolisse e não lhe deixasse nenhum traço.

Os Pierleoni ainda fizeram uma última tentativa de impor outro antipapa, Vítor IV, à Igreja.

Mas a ferida do cisma havia cicatrizado e já não podia ser reaberta. Eles se curvaram afinal.

Em 29 de maio de 1138, na basílica de São Pedro, a arca da Igreja vagando enfim só, todos os cardeais e bispos e até Vítor IV, que voltara a ser cardeal Gregório, prosternaram-se diante de Inocêncio II.

Eu podia voltar para Clairvaux.

Era o verão de 1138.

Os romanos me acompanharam pelas ruas da cidade, cobrindo-me de louvores, tentando conseguir bênçãos e milagres.

Mas eu era apenas um monge branco que só aspirava a amar a Deus com todo o corpo e toda a alma, no silêncio de sua abadia.

DEZOITO

Empurrei a porta de minha cela. Pareceu-me que, na penumbra, as paredes e a cama começavam a oscilar e o chão me fugia sob os pés.

Estendi os braços como fazem os cegos.

Reuni todas as minhas forças para não desabar no chão e bater nos ladrilhos de pedra.

Eu precisava dar um último passo, mas eu percorrera um caminho tão longo desde Roma que tinha a impressão de que meus ossos gastos, corroídos, esfarelavam-se como pedra deteriorada que se fragmenta e desaparece em poeira; que minha carne não passava de um sudário cobrindo um esqueleto dolorido.

Consegui, porém, alcançar minha enxerga e me deixei cair, o rosto contra o pano áspero.

Mas eu não consegui repousar. Fiquei assim por várias horas, dias talvez, o corpo a arder, o peito arranhado internamente por unhas afiadas que pareciam querer abrir túneis em mim, até me perfurar a pele.

Deitaram-me. Eu vislumbrava monges debruçados sobre mim. Gemia. Creio que tentei despachá-los com um gesto: cada um com sua tarefa, cada um no respeito à regra!

Pensei que eu estava no limiar da morte.

Comunicaram-me que Luís VI, o rei da França, já se fora, assim como o imperador Lotário III e seus sucessores, Luís VII e Conrado II, reinavam agora.

O mundo mudava de rostos. Por que o meu permanecia?

Mas nesse instante senti um calafrio de desespero e raiva. Considerei a morte como um horror, a minha e a dos meus. E perguntei-me: o que era eu, pois, eu que acreditava na vida eterna, no amor de Deus, para me revoltar assim ante a passagem e murmurar com tristeza: *Começo a morrer a cada vez que morre um dos meus*?

Temi ser abandonado pelo amor de Deus. Então pensei em Maria e Jesus, que choraram diante do corpo de Lázaro. E, no entanto, o Filho de Deus sabia que ia ressuscitá-lo. Mas a morte O fazia estremecer.

Eu estremeci e chorei.

É desse desespero, dessa aflição e dessa dor que me lembro quando penso naquele ano de 1138, o de minha volta a Clairvaux.

A fadiga abatera-me, pois eu mal podia falar, deitado de lado, sussurrando as frases que ditava para o monge sentado a minha cabeceira. Ele se inclinava sobre mim, a orelha junto da minha boca, e eu via sua mão correr sobre o pergaminho.

Eu não podia me locomover, esgotado demais para empreender uma nova viagem. Escrevia então: a Pedro, o Venerável, abade de Cluny, ao arcebispo de Lyon, ao duque de Bourgogne, ao rei Luís VII, todos aliados para designar um monge de Cluny, Guilherme de Sabran, para um dos mais importantes episcopados, o de Langres. Engambelado por Pedro, o Venerável, Luís VII até conferira a investidura real a Guilherme. Eu não podia aceitar essa escolha, em que pesara a influência do duque de Bourgogne; talvez ele até tenha distribuído algumas peças de ouro para fazer valer sua decisão.

Sendo assim, o que adiantava condenar a corrupção, a simonia, a atribuição de cátedras episcopais a quem oferece preço mais alto? Queriam reunir um segundo Concílio de Latrão para enunciar regras e aceitar Guilherme de Sabran como bispo de Langres?

Ditei uma carta destinada a Inocêncio II, com a impressão de arrancar do mais profundo de mim cada farrapo de frase, cada palavra, e de que, em seguida, meu corpo se esvaziaria, exangue:

Eis que uma vez mais clamo a vós. Eis que uma vez mais bato a vossa porta com os gemidos molhados de lágrimas. O que me obriga a multiplicar meus apelos são as iniqüidades dos homens corruptos que multiplicam suas injustiças. Aumentando suas prevaricações, eles se fortalecem. Acrescentam iniqüidade à iniqüidade, e seu orgulho vai num crescendo. Seu ódio infla enquanto seu pudor e seu temor a Deus se desvanecem. Ó Pai, eles ousaram proceder a uma eleição contra Vossas puras e justas disposições e, depois, apesar do apelo que vos tenho feito, eles procederam à consagração. Esses usurpadores são os bispos de Lyon, de Autun, de Mâcon, todos amigos de Cluny... Rogo a Deus que vos inspire para o melhor e traga à vossa memória o que fiz por vós, e que vos incite a lançar um olhar afetuoso sobre vosso filho e a livrá-lo do pesar e da angústia...

Fechei os olhos. A febre envolvia-me mais devoradora ainda, e calafrios sacudiam-me, fazendo meus ossos e meus dentes baterem uns contra os outros.

Mas Inocêncio II ouviu-me. E um dos nossos, o monge branco prior de Clairvaux, Godofredo de La Roche-Vaneau, é que foi designado para o cerco episcopal de Langres.

Pedro, o Venerável e todos os que o seguiram, os que, por covardia ou corrupção, se inclinaram ante os desejos do duque de Bourgogne tiveram de aceitar a escolha do papa que consagrava a ordem cisterciense.

* * *

Uns quiseram eleger-me bispo de Langres, outros logo me escolheriam para arcebispo de Reims!

Lá, na cidade da sagração de Clóvis, a cidade de são Remi, um torneio acirrado opunha os burgueses, que haviam criado uma comuna, ao capítulo do arcebispado. Negócio de dinheiro: os burgueses não queriam mais pagar imposto à Igreja. E o rei Luís VII manobrava habilmente para que esse ouro caísse em suas próprias caixas.

Eu desenredei esse emaranhado, mas não aceitei o arcebispado de Reims como tampouco aceitei o bispado de Langres.

Eu não era senão Bernardo, o abade de Clairvaux, a abadia-mor que mantinha vinte e oito outras, suas agregadas.

Gente de toda a cristandade veio bater a nossa porta. Até um irlandês, Malaquias, arcebispo de Armagh, depois de rezar a meu lado na nova abadia, de sentar no nosso refeitório e ouvir meus sermões, pediu licença a Inocêncio II para morar conosco em Clairvaux, como simples monge branco. A recusa do papa deixou-o desalentado.

Como eu iria renunciar a ser abade de Clairvaux? Eu não era, sentia isso, homem santo capaz de conduzir a Deus uma multidão de fiéis. Eu era monge entre os monges, ainda que muitas vezes tenha precisado — e precisaria de novo — deixar o silêncio da abadia para dirigir na cristandade o combate por Deus e sua esposa, a Igreja.

Uma noite desse mesmo ano de 1138, entraram em minha cela quando eu rezava, tremendo de febre. Cochicharam-me que meu irmão Geraldo, o ecônomo de Clairvaux, mais velho que eu, meu conselheiro, homem saído da mesma carne, começara a entoar um salmo porque se sentia próximo da morte.

Sustentaram-me e arrastaram-me até o leito dele.

Eu o vi sorrir para mim e ouvi murmurar: "Pai, em Vossas mãos coloco o meu espírito."

Virou-se para mim:

— Como Deus é bom por se dignar a ser o Pai dos homens! E que glória para os homens serem filhos de Deus e Seus herdeiros.

Sorriu de novo, depois ficou rijo e sua fronte tornou-se pétrea.

Nós o levamos em terra, depois subi ao púlpito.

Disse:

— *A tristeza me invade e o infortúnio me abate.*

Senti que os monges, surpresos com minha fala, esperavam que eu louvasse a Deus e cantasse minha alegria como fizera Geraldo ao expirar. E exclamei:

— *Por que dissimular ainda mais? O pouco que escondo em mim desola minha alma e devasta-me por dentro... Estou na amargura. A violência da dor elimina minha atenção, e a indignação de Deus resseca meu espírito!*

E não pude, tão grande a minha dor, dizer meu vigésimo sexto sermão sobre o Cântico dos Cânticos. Repeti:

— *Começo a morrer a cada vez que morre um dos meus.*

Somente mais tarde, consegui falar, pronunciar meu sermão:

— *Por que foi preciso que eu te perdesse, Geraldo, em vez de ir antes de ti? Aguardo a hora que tarda a chegar quando poderei seguir-te aonde irás... Ouvi cantares o salmo de Davi: "Louvai o Senhor do alto dos céus, louvai-O nas alturas!" no momento em que as trevas se tornavam, para ti, mais luminosas que o dia...*

Desejei que, na hora da passagem, também eu saiba cantar o louvor de Deus e exclamei sob as abóbadas brancas:

— *Ó morte, onde está tua vitória? Onde está teu aguilhão? Nada disso existe quando um moribundo canta... Ó morte, tu és morte, perfurada pelo anzol que imprudentemente mordeste e de que fala o profeta: "Ó morte, eu serei tua morte, serei tua picada, inferno!"*

Não importa: esse ano de 1138, o da morte de meu irmão Geraldo, foi o ano de minha mais profunda ferida.

Pois eu repeti e não me desdisse:

— *Tive horror à morte, à minha e à dos meus.*

Mas esforcei-me para reviver os últimos instantes de Geraldo, quando ele cantou ao expirar.

Tentei transformar assim meu luto em alegria.

Velando pela glória de meu irmão, tentei esquecer um pouco minha própria miséria.

SEXTA PARTE

DEZENOVE

Fiz cinqüenta anos em 1140.

Andava cada vez mais devagar, doía-me cada passo como se o peso de meu corpo tivesse ficado mais pesado ou minhas pernas estivessem mais fracas.

Faltava-me o fôlego.

Parava, apoiava-me no tronco de uma árvore. Parecia-me cada vez mais com esses galhos secos, nodosos e quebradiços, cuja casca se solta como pele ressecada que se desfaz.

Sentia frio, qualquer que fosse o tempo, embora essa queimação viva dentro do meu peito nunca cessasse.

Eu conseguia conter esse fogo devorador quando falava do alto do púlpito e era como se minha voz, ao se erguer, levasse com ela o meu sofrimento.

Freqüentemente, porém, quando recordava a morte de meu irmão Geraldo, eu sentia uma dor tão profunda que era forçado a interromper a minha fala e, ao continuar após alguns instantes, eu dizia:

— *Por que tinhas de ser arrebatado de minhas mãos, homem do meu coração que, com a minha, formavas uma alma só? Nós que nos amávamos tão ternamente em nossa vida, como pudemos ser separados pela morte? Gozas agora da presença imortal de Jesus Cristo, não sentes pena alguma de tua ausência junto de mim, pois estás no coro dos anjos. Não tens, pois, por que lamentar teres sido tirado de mim, já que o Senhor de majestade partilha fartamente contigo Sua presença e a de Seus bem-aventurados...*

Depois de pronunciar esse sermão, eu descia do púlpito esgotado, cambaleante, e voltava a minha cela constrangido a me apoiar no ombro de um de meus monges ou a escorar-me na parede.

Eu rezava, eu amava a Deus, ditava meus sermões, queria ser digno de Nosso Senhor, tinha certeza de que *o Verbo, que era o Esposo, aparecia às almas zelosas.*

Eu era uma delas.

Assim corriam os dias e as estações.

Mas Deus decidira que ainda não me deixaria contemplá-Lo no recolhimento da abadia.

O mundo batia em nossos muros como uma onda insistente.

Uma manhã, um monge trouxe-me uma carta de Guilherme, de Saint-Thierry.

Eu tinha plena confiança nesse homem que tantas vezes me testemunhara sua misericordiosa fraternidade, quando a doença corroía-me o corpo. Depois ele decidira tornar-se um simples monge branco de nossa ordem.

Em sua carta, Guilherme estava preocupado com as aulas que Pedro Abelardo continuava a ministrar em Paris, nas escolas da colina de Santa Genoveva.

Ele fizera uma lista das proposições heréticas desse monge que há anos me parecia um homem vaidoso.

Fiquei horrorizado ao ler que Abelardo considerava que o Espírito era impotente, que podíamos fazer o bem sem o recurso da graça.

A cada proposição, eu sentia uma forte dor: Abelardo separava o que devia ser unido, a graça e a liberdade, o Espírito Santo, o Pai e o Filho. Era de uma tolerância culpável em relação aos pecadores, como se, a seu ver, o pecado fosse simplesmente um fato natural que todos experimentávamos.

Enrodilhei-me em minha cama.

Abelardo era um destruidor. Um homem que cometera, pessoalmente, o pecado da carne e o desculpava nos outros, ao passo que, como ele dizia, ele mesmo estava desde então privado dos meios de cometê-lo.

Guilherme de Saint-Thierry contara-me que um de seus ex-alunos, Arnaldo de Brescia, era o mais íntimo discípulo de Abelardo e semeava a desordem nessa cidade italiana, afirmando que os clérigos, a Igreja, o papa não deviam possuir nenhum bem e, portanto, deviam despojar-se de todos os que possuíam. Eu imaginava quanto essas palavras deviam satisfazer os larápios, fossem eles aldeãos, soldados, duques, reis ou imperadores, que só esperavam um sinal para investir contra as igrejas e saqueá-las.

Portanto, o que esse herético queria? Que as trinta e duas abadias filhas de Clairvaux e as centenas de outras originadas de outras ordens fossem entregues aos saqueadores?

Guilherme de Saint-Thierry manifestava essa preocupação. Alertava-me de que Pedro Abelardo precisava ser combatido, mas ninguém ousava aventurar-se, e eu era o único que podia enfrentá-lo, o único capaz de mostrar que suas proposições eram heréticas e conseguir sua condenação.

Eu devia, pois, aceitar um debate público com ele.

Hesitei.

Para mim, o amor de Deus não dependia de querelas de escolásticos, mas do encontro com o corpo e o espírito de Nosso Senhor. A oração, a contemplação, o amor é que permitiam encontrar Deus e nos aproximarmos da verdade.

Respondi a Guilherme de Saint-Thierry:

Não gosto das disputas de palavras e evito novidades de expressão. Aprofundo somente os pensamentos dos Pais, só emprego palavras que eles tenham utilizado, pois não somos mais esclarecidos do que eles. Deixo aos outros falarem o quanto lhes aprouver de suas próprias convicções, desde que me deixem falar das convicções das Escrituras, pois como diz o Apóstolo: "Não somos capazes de formar nenhum bom pensamento por nós mesmos; Deus é que nos torna capazes."

Depois de escrever essa carta e enviá-la a Guilherme de Saint-Thierry, recolhi-me diante do altar.

Interroguei-me: teria eu me esquivado ao dever por temor de Abelardo? Teria renunciado a um confronto necessário?

Essas perguntas atormentaram-me durante dias.

Pensei então que podia encontrar-me com Abelardo aqui mesmo, em Clairvaux, persuadi-lo a desistir dessas proposições heréticas, na esperança de assim evitar um debate público que teria mostrado a divisão da Igreja, a humilhação da Esposa de Deus.

Quando soube que Pedro Abelardo aceitava vir ao meu encontro, acreditei que juntos chegaríamos a nos entender e assim serviríamos a Deus e a Sua Igreja.

De modo que recebi Pedro Abelardo em Clairvaux. Era um dia de abril. As sebes estavam em flor, os campos cobertos de uma leve penugem verde.

Fui-lhe ao encontro.

Era um homem alto e corpulento, de rosto redondo. Falava com voz forte acompanhando cada frase com gestos das mãos, como se procurasse envolver-me.

Sentamo-nos de frente um para o outro na sala capitular. Deixei-o falar por longos momentos; eu tinha a impressão de estar coberto por uma água viscosa que tentava me arrastar, me afogar, e quanto mais as palavras de Abelardo caíam sobre mim, mais eu me sentia o oposto, seguro de estar mais próximo da verdade do que ele jamais estaria, ele, o orgulhoso que não hesitava em me dizer que se acreditava o único filósofo do mundo e que não temia nenhum rival.

Não parei de olhá-lo fixamente, em silêncio, e senti que a inquietação o dominava como se, diante da torrente que ele jorrava e que aos poucos se esgotava, ele percebesse um molhe erguido, esta coluna de fé e de verdade: a ordem cisterciense que eu representava diante dele, e mesmo mais, a Igreja de Cristo por inteiro.

Então ele começou a falar mais baixo, como um homem arrpendido, e murmurou:

— Não quero ser filósofo se para isso for preciso pagar o preço de me erguer contra Paulo. Não quero ser Aristóteles se estiver separado de Cristo, se for sob o céu de outro nome que não o Dele. Fundei minha consciência sobre a prece onde Cristo edificou Sua Igreja...

Eu continuei sem responder.

Sua fraqueza era tão manifesta, que ele me pareceu digno de pena como um odre que, vazio de água, não passa de uma pele franzida, ao passo que era redonda, bojuda e lisa quando ainda cheia.

Mas Pedro Abelardo não estava sequer cheio de água, mas de vento. E bastou que ele falasse sozinho para ser apenas o monge que eu reconduzi até a porta da abadia e que me prometeu renunciar, assim que voltasse a seu bairro Latino sobre a colina de Santa Genoveva, retratar-se de todos os seus erros, pois os cometera por negligência, porque estava preocupado em seduzir os alunos, em ensinar, portanto, o que eles desejavam ouvir, sobretudo a liberdade de pecar sem ser condenado.

Eu tomara a medida do homem. Sabia que bastava ele se afastar de mim para o odre que ele era logo se encher novamente da água ou do vento da vaidade e da complacência.

A seu redor — soube nos dias que se seguiram — muitos discípulos o adulavam e se serviam dele de modo que ele não podia pensar em arrependimento.

Ao contrário: empurravam-no para a heresia, usavam-no para atacar a ordem cisterciense em minha pessoa, para tentar enfraquecer os que destruíram o cisma de Anacleto, os que queriam que a esposa de Cristo fosse forte, unida, tão segura da verdade quanto o gume de um gládio forjado e afiado pelos mais hábeis ferreiros e manejado pelos mais valorosos cavaleiros.

Pouco depois da partida de Abelardo, eu me persuadi de que precisava enfrentá-lo, condená-lo para amordaçá-lo, para que ele parasse de exalar seus miasmas heréticos e deixasse de ser aquele que dá o exemplo de concupiscência e de pecado.

Portanto, não me esquivei mais quando Guilherme de Saint-Thierry pediu-me que fosse a Sens, onde Abelardo e seus discípulos haviam proposto um debate contra mim diante do rei e dos bispos para mostrar que detinham a verdade e que eu não passava de um impudente, um usurpador que não tinha nenhum direito, nenhum saber que servisse de base para condenar o escolástico Abelardo.

Disseram que eu era somente um homem de poder, desejoso apenas de dominar a Igreja por intermédio de minha ordem, que eu não me importava com a verdade, mas com o poder.

Na estrada para Sens, fiz primeiro um desvio em Paris. Galguei as encostas da colina de Santa Genoveva e me ajoelhei diante da basílica que abrigava as relíquias da santa, as de Clóvis e as de Clotilde, sua esposa.

Lá, sob as abóbadas, compreendi que eu prosseguia a tarefa começada pelos mártires cristãos, por são Martinho, Genoveva e Clóvis.

E, quando descia em direção ao Sena, parei nas salas escuras que se abriam para as ruelas em ladeira onde os estudantes se amontoavam. Erguendo os braços, exortei-os, tremendo, e não era de cansaço, mas de fé.

Disse:

— *Fugi do meio da Babilônia, fugi e salvai vossas almas! Corram todos juntos para as cidades do refúgio onde podereis arrepender-vos do passado, viver o presente na graça e esperar o futuro em confiança!*

Quando terminei, um grande número de estudantes juntou-se ao meu redor, implorando-me que os aceitasse em Clairvaux ou numa das trinta e duas abadias da ordem.

Olhei seus jovens semblantes voltados para mim. A palavra que eu tinha expressado agira, apagara meses de mentiras e lisonjas.

— *Vinde bater a minha porta* — respondi. — *Quem abre seu coração para Deus, quem quer a severa pureza da fé, esse não será rejeitado.*

Eles se ajoelharam.

Cheguei a Sens.

Abelardo exigira que o arcebispo Henrique não se contentasse em expor relíquias, como era sua intenção, e aproveitasse a quantidade de clérigos reunidos na ocasião para organizar um torneio. Abelardo e sua gente queriam que, no fim do duelo oratório, um concílio me condenasse e o tornasse o detentor da verdade.

Afiei minhas armas.

Não o deixaria vencer. Não se tratava de um torneio de clérigo contra clérigo, mas da luta entre verdade e erro.

Tratava-se de tirar a esposa de Cristo das mãos dos que a enxovalhavam.

Estávamos em junho. A natureza tinha o radiante viço da infância, forte e frágil ao mesmo tempo. Caminhei nessa doçura primaveril até o palácio episcopal. Chegando lá, soube que o rei Luís VII assistiria ao concílio em companhia do conde de Nevers e outros nobres de sua roda.

Diante desse monarca e seus vassalos que espreitavam todas as fraquezas da Igreja para tentar impor-lhe suas leis, eu precisava vencer a qualquer custo. Mas não era um caso pessoal, a sorte da verdade não podia depender somente de minha eloqüência ou da de Abelardo, que era grande e astuciosa. Portanto, encontrei-me com todos os bispos: os de Chartres e de Auxerre, de Orléans e de Troyes, de Soissons e de Meaux, de Arras e de Châlons. Levantei com cada um a lista das proposições heréticas formuladas por Abelardo.

Disse:

— *Não será um torneio, mas um julgamento. Não serei um dos cavaleiros que lamentareis ou sagrareis, caso tenha ganho ou perdido o duelo. Serei o acusador e um juiz a vosso lado. Somos a Igreja, e ele é o erro. Aqui ele não é meu igual, porque não há igualdade entre o certo e o errado. Eu sou o certo, ele é o errado. Não há necessidade de torneio para arbitrar entre eles.*

Eles concordaram comigo.

Nesse 3 de junho de 1140, observei Abelardo caminhar em passo seguro, solene, e atravessar a nave da catedral de Sens.

Nesse momento, ele era um odre cheio que se pavoneava sob os olhares do rei e dos bispos, convencido de que me derrubaria com um sopro, a mim, um monge branco, um homem frágil que vinha a seu encontro.

Parei e comecei a ler as dez proposições heréticas contidas em suas obras. Era ele que íamos julgar nessa igreja que não seria lugar de um torneio, mas de um tribunal.

— *Podeis rejeitar essas proposições que são vossas, corrigi-las ou justificá-las* — disse eu.

E voltei a tomar lugar entre os bispos.

Vi o odre murchar de repente. Não haveria, como ele pensava, um embate entre nossas palavras. Ele não poderia usar sua lógica perversa e afiada.

Ele gritou:

— *Recuso este tribunal! Dirijo-me a meu soberano pontífice, recorro a ele!*

Eu o vencera sem me envolver no sacrilégio que seria a luta entre a justa doutrina e a heresia.

Ergui-me. Disse aos bispos que, de fato, Roma tinha poder de julgar, mas ali, no concílio, tínhamos o direito e o dever de nos pronunciar sobre os erros de Pedro Abelardo.

O que foi feito: eles os condenaram.

Voltei a Clairvaux, mas, durante todo o caminho, não me tranqüilizei com a leveza do ar, o perfume das flores que, vermelhas e brancas, salpicavam os campos, coloriam as submatas. Mal ouvia o gorjeio dos pássaros que vinham, alguns, esvoejar a meu redor.

Eu precisava alertar Roma o mais que depressa de como nosso país cristão estaria ameaçado se Abelardo conseguisse junto aos cardeais da Cúria o apoio que certos discípulos dele buscavam.

Precisava escrever a Inocêncio II e dizer-lhe que, na França, *pessoas difundiam mil absurdos contrários à fé católica e à autoridade dos Pais. E, quando gente de bom-senso advertia para se rejeitar essas inépcias, elas gritavam mais alto e apelavam à autoridade de Pedro Abelardo!*

Era preciso dizer que esse era o homem a bradar que a razão e a curiosidade bastavam para penetrar os mistérios da fé!

Em minha cela de Clairvaux, ditei cartas e um tratado — *Erros de Abelardo* — endereçados a nosso papa Inocêncio II.

Era preciso adverti-lo, pois os discípulos de Abelardo propalavam a calúnia, descrevendo-me como um ambicioso decidido a me tornar o senhor da cristandade. Eu era, segundo eles, um falsificador, um mentiroso, um herege, um ignorante e um possesso. O diabo estava em mim escondido sob o hábito de monge. Eu precisava ser exorcizado.

Era essa a batalha.

Escrevi a Inocêncio II:

Deus despertou a fúria dos cismáticos em vosso tempo para que pudésseis aniquilá-los... E, para que nada escape a vossa coroa, eis que sobrevêm as heresias.

Para exceder vossas virtudes e para que não julguem vossa obra inferior à dos pontífices que vos precederam, capturai essas raposas que devastam a vinha do Senhor enquanto ainda são pequenas, antes que cresçam e se multipliquem...

E porque eu sabia que alguns dos que haviam apoiado Anacleto II apresentavam Abelardo em Roma como um santo homem que trazia um pensamento novo à Igreja, eu o descrevi a Inocêncio II exatamente como o julgava, com base no que sabia de sua vida e de suas idéias:

Abelardo é um homem de duas faces. Por fora, um João Batista; por dentro, um Herodes. É um perseguidor da fé católica, um inimigo da cruz de Jesus Cristo; sua vida, seus costumes, seus livros o comprovam. É um monge na aparência, mas, no fundo, é um herege... É uma cobra tortuosa saída de seu ninho, uma hidra... Quem há de se erguer para calar a boca desse hipócrita? Não haverá ninguém que sofra com as injúrias feitas a Cristo, que ame a justiça e odeie a iniqüidade?

Soube que Pedro Abelardo, a caminho de Roma, parara em Cluny, onde o acolheu o abade Pedro, o Venerável.

Temi, confesso, que os monges negros se unissem a Abelardo contra a ordem cisterciense. Seria um desastre tão grave quanto o provocado pelo cisma.

Angustiado, portanto, aguardei em Clairvaux notícias de Roma. Rezei sem descansar e sem dormir. Então, chegou um mensageiro trazendo as cópias de duas cartas do papa endereçadas a Abelardo e a todas as autoridades da Igreja, aos abades e, logo, a Pedro, o Venerável.

Pedro Abelardo e seu discípulo Arnaldo de Brescia deviam ser encerrados, separadamente, em casas religiosas. Os livros de Abelardo deviam ser queimados. E o papa acrescentava:

"Impomos a Pedro, como herege, um perpétuo silêncio; julgamos, ademais, que todos os sectários e defensores de seu erro devem ser retirados do meio dos fiéis e submetidos ao gravame da excomunhão."

Graças a Deus!

* * *

Mais tarde, Abelardo, que desistira da viagem a Roma — já fora condenado! —, veio procurar-me. Eu sabia que Pedro, o Venerável conseguira que ele não fosse excomungado, mas, em compensação, o monge arrependido se retrataria e permaneceria no silêncio de uma abadia de Cluny.

Recebi Abelardo de mãos estendidas. Ouvi sua tentativa de justificação mais que de arrependimento. Mas, dele, a Igreja não tinha mais nada a temer.

— Pude errar em meus escritos — disse-me ele —, mas recorro à justiça de Deus. Nada afirmei por maldade ou por orgulho... Jamais quis romper a unidade da fé!

Ele falava e falava mais. Eu o observava. Ele fora só maldade e orgulho e ainda não se despojara desses hábitos. Mas não passava de um monge silencioso, um homem de mais de sessenta anos que ruminava maldade.

Rezei por ele que se submetera o quanto lhe permitia sua natureza há tanto tempo corrompida e desnorteada.

Alguns meses depois, em 21 de abril da primavera de 1142, soube que ele falecera no priorado de Saint-Marcel, perto de Châlons-sur-Saône, e que Pedro, o Venerável transferira o corpo daquele que já não passava de um monge de Cluny para o monastério do Paracleto cuja abadessa era Heloísa.

Deus quisera, pois, que esses dois seres que pecaram se reencontrassem sob a mesma cruz monástica.

"Pela autoridade de Deus Todo-Poderoso e de todos os santos, eu o absolvo por iniciativa própria de todos os seus pecados."

Fechei-me em minha cela.

Combatera e vencera a heresia. Não fui um inimigo de Pedro Abelardo, mas sim da palavra que ele difundia nas cidades, essas Babilônias que não paravam de se expandir, ao passo que nós, monges negros ou brancos, éramos os crentes das clareiras e dos bosques, dos campos e dos rios. Não das ruas.

Eu não queria que a Babilônia vencesse, nem Abelardo, que era o clérigo dessas cidades onde o pecado prosperava escondido na multidão que vinha de toda a cristandade e se comprimia nas ruelas.

Agora, só Deus podia julgar Abelardo.

Abri de novo o Cântico dos Cânticos e ditei um sermão, o septuagésimo terceiro.

Cristo começa por nos fazer respirar na luz de Sua inspiração, a fim de que Nele sejamos, por nossa vez, um dia que respira. Pois, por sua operação, o homem dentro de nós renova-se dia a dia e se refaz em espírito à imagem de seu criador: ele se torna um dia nascido do dia, uma luz saída da luz... Falta esperar um terceiro dia, o que nos aspirará na glória da ressurreição.

Eu esperava.

VINTE

Eu escutava os passos da morte se aproximarem de mim.

Era um noite do ano de 1141. Estava deitado em minha cela, mãos cruzadas no peito. Rezava, agradecendo ao Senhor por nos trazer fiéis cada vez mais numerosos, tanto que não se passava um mês sem que, do País de Gales à Galícia, de Roma aos confins da Germânia, da Sicília à Irlanda, não brotasse do chão uma de nossas abadias filhas.

Eu repetia seus nomes: Whiteland, Saint-Vincent e Saint-Anastase de Rome, e Sobrado e Mellifont. Essa última era a quadragésima abadia nascida de Clairvaux. Eu podia imaginar as altas colunas, as abóbadas — algumas, atualmente, tinham interseções que formavam um feixe de arestas e ogivas.

A ordem cisterciense era uma árvore de galhos tão poderosos, de seiva tão fecunda que alguns passaram a vê-la como a própria força da Igreja.

Mas eu também avaliava quanto a extensão da ordem acrescentava o perigo de vê-la desmembrar-se e até se corromper.

Naquele ano, tive de me dirigir várias vezes aos noviços e aos monges, dizer-lhes que deviam saber arrepender-se dos pecados que cometeram.

O arrependimento era como um verme interno:

— *Fazia um grande bem sentir esse verme... Que ele nos morda, pois, até morrer e, pouco a pouco, a morte o impede de nos morder. Que ele roa nossa podridão e a consuma ao roê-la, e ao mesmo tempo se consuma a si mesmo...*

Eu observava seus rostos muitas vezes sulcados pelo cansaço, pela penitência, pelos trabalhos braçais, pelos jejuns e vigílias.

Eu os queria saudáveis. Mas sabia que, nessas abadias aonde eu não podia ir, alguns monges brancos, pertencentes à ordem mais rigorosa, entregavam-se ao deboche e esqueciam a regra.

— *Não acuso todo mundo* — eu repetia —, *nem posso defender todo mundo!*

Eu não devia arrasá-los, porém.

— *Se Deus não tivesse deixado a semente sã em nós, teríamos sido destruídos há muito tempo como Sodoma e Gomorra!*

Contudo, estávamos ameaçados. Nossa força, a beleza de nossa ordem, a majestade vertical de nossas brancas abadias atraíam também os que têm a boca amarga de ambição e vaidade. Esses queriam a glória, o poder e o ouro.

Eu não queria omitir nenhuma dessas tentações que tocaiavam as tropas de monges agora tão numerosas.

— *Senhor, ao multiplicardes Vosso povo, não intensificastes nossa alegria, pois ele parece ter perdido em méritos o que ganhou em número* — dizia eu.

Eu percebia que os homens *vinham correndo de todos os lados para as santas ordens. Uns se apossavam do santo ministério sem respeito e sem consideração.*

Às vezes até me parecia que *aqueles que eram governados pela avareza, tomados pela ambição, dominados pelo orgulho, pela injustiça e pela luxúria eram os que estavam no poder.*

Eu os adivinhava *cobertos de imundices no tabernáculo do Deus vivo. Eles habitavam o Templo, profanando com suas sujeiras o santuário do Senhor....*

Portanto, eu rezava na noite do ano de 1141, pensando nessas ameaças e nesses perigos, quando uma dor me enfiou sua lâmina em brasa e atingiu meu coração.

Tive de comprimir o peito para tentar extirpar esse sofrimento.

Achei que enfim a morte ia levar-me para a passagem.

Não senti medo, mas ainda tinha tanto a fazer aqui embaixo!

Monges errantes, fugidos de seus monastérios, dos eremitérios, vigários banidos de suas aldeias iam pregar sua heresia nos campos, na Provença, na Aquitânia, denunciando o que eu também denunciava: o luxo, a luxúria, o deboche, a ambição, o vício, a vaidade e a concupiscência de certos clérigos. Mas esses heréticos, como loucos, invocavam um certo padre, Pedro de Bruys, que alguns anos antes declarara que o batismo, as igrejas, seus oficiantes, todos os que se apresentavam como servidores da esposa de Cristo, de nossa Igreja, deviam ser eliminados.

Sem intermediários! Sem culto! Sem clero! Sem monges nem abadias! Os discípulos de Pedro de Bruys repetiam que Deus agia quando queria e como queria.

Recusavam-se a reconhecer o sinal-da-cruz que, a seu ver, evocava a degradação de Deus, o que eles rejeitavam.

Várias vezes, Pedro de Bruys chegou a derrubar cruzes e acender fogueiras para reduzi-las a cinzas.

Um dia, em Saint-Gilles-du-Gard, alguns fiéis atiraram-no nas chamas. Mas eu soube que um tal de Henrique de Lausanne valia-se agora de Pedro de Bruys e semeava tumultos. E eu descobrira que esse herege era um monge cisterciense!

Eu o vira no Concílio de Pisa, humilde, arrependido, reconhecendo seus erros, e o convidara a se recolher em Clairvaux, a fim de prolongar sua penitência.

Ele aceitara, cheio de gratidão na voz, mas nunca se apresentou na abadia. Portanto, compreendi que continuava com suas pregações heréticas, a denunciar as torpezas dos padres e dos monges, o gosto do lucro e da luxúria, clamando que o clero não passava de um mofo que cobria o corpo dos fiéis e deles se alimentava com grande proveito.

E Henrique de Lausanne, terminada a prédica, entregava-se à orgia.

Como a morte não se aproximaria de mim quando essas notícias me oprimiam?

Ela se introduziu, pois, em minha cela, plantou-se em meu peito, feriu meu coração e se retirou.

E eu fiquei arquejante, o corpo coberto por um suor frio.

Nos dias que se seguiram, vieram avisar-me de que minha irmã Humbelina e, em seguida, meu irmão Guy haviam falecido.

Deus, quando chegará o momento de encontrá-los e ver-Te?

Chorei, não por eles que haviam alcançado o reino dos céus, mas por mim que ainda não Te via.

Pois essa visão não é para a vida presente, mas está reservada à derradeira... E vê-Lo, tal como Ele é, quando eu estiver em Sua presença, será o mesmo que ser tal como Ele é...

SÉTIMA PARTE

VINTE E UM

Nunca mais consegui empurrar a morte para longe de mim. Eu a ouvia rondar no passo arrastado do velho monge que se dirigia para o dormitório e tateava com os olhos cegos.

Reconhecia sua voz nos longos acessos de tosse que sacudiam meu irmão André, ajoelhado na nave de nossa igreja. A cada vez que o escutava, era como se meu próprio peito se dilacerasse, como se fosse meu sangue a manchar as mangas de sua túnica. Mas era meu irmão que a morte buscava. Levando o antebraço à boca, ele tentava abafar a tosse, e eu via crescer a auréola vermelha na lã de sua manga, enquanto seus lábios se cobriam de uma baba rosada.

Eu sabia que breve ele ia encontrar Geraldo, Guy, Humbelina, e murmurava: "Tomai-me, Senhor, chamai-me!"

A morte zombava, e tive de levar André à sepultura, conseguindo não chorar à beira da cova e aceitar a decisão de Deus com esperança.

Submetia-me a Suas vontades, mas meu sofrimento era tão lancinante que, se pudesse fazê-lo sem cometer um ato sacrílego, eu me teria atirado para a morte a fim de que ela me penetrasse com a ponta de sua lança e me ceifasse com um golpe seco.

Mas lá estava eu, vivo ainda, no ano de 1143, tiritando no frio de um inverno que transformava cada filete de água em um cordão de cristal, cada poça em um espelho.

E a Morte se regozijava. O inverno era sua grande estação, a da colheita.

Pobres exangues vinham mendigar na porta da abadia. Distribuíamos um punhado de grãos que lhes permitiam sobreviver alguns dias. Mas, no fim, quando nossos celeiros ficassem vazios, a Morte faria grandes feixes com seus corpos, e os cães famintos, irados como lobos, os seguiriam até o cemitério. À noite, eles cavariam com as patas e focinhos a terra revolvida, ainda fofa, e estraçalhariam esses pobres corpos descarnados.

Mas para a Morte ainda não era o bastante.

Numa manhã, enquanto eu rezava ajoelhado em minha cela, reconheci o barulho que as esporas dos cavaleiros fazem quando batem nas pedras do pátio.

Abriram. Chamaram-me. Terminei de rezar e me levantei com dificuldade de tão enregelado de frio.

Na penumbra dessa noite que já se aproximava, reconheci o conde Teobaldo de Champanhe.

Ele tinha o rosto avermelhado do frio; seu corpo maciço, envolto em peles, parecia gigantesco; o ouro de seus colares brilhava em seu peito, as pedras preciosas que ornavam o punho de seu gládio cintilavam.

Eu tinha estima por esse homem que fizera inúmeras doações à nossa ordem, que respeitava a trégua de Deus* e os direitos dos clérigos. Ele

* Interrupção dos combates durante o período da Quaresma, Páscoa e Advento. (N.E.)

sempre se detinha no umbral das igrejas onde os homens que perseguia — burgueses ou cavaleiros traidores — estivessem refugiados e, escondidos atrás do altar, invocassem o direito de asilo.

Ele me disse em tom colérico:

— O rei da França acaba de me esbofetear. Cospe-me na cara como se eu fosse um servo! Empurra-me com o pé! Ameaça-me como se eu não fosse nobre de nascimento. Isso não se faz! Mesmo que Luís VII possua os exércitos mais fortes da cristandade, eu defenderei o condado de Champagne, nem que tenha de morrer, eu, com todos os meus vassalos e a minha linhagem.

Convidei-o a me seguir à sala capitular. Pedi que me trouxessem um círio. Pude ver o furor nos olhos dele.

Pareceu-me que, atrás dele, nas paredes da sala, a Morte dançava no reflexo das chamas, contente com o que se anunciava: a guerra entre o rei da França, Luís VII, e Teobaldo, conde de Champagne.

Inclinei a cabeça e com um gesto de mão — só Deus sabe o quanto me custou erguê-la — convidei Teobaldo a falar.

Escutei-o por toda a noite. Às vezes, ele lançava as palavras com tanta raiva, como se fossem flechas ou bolas, que eu me afastava, murmurava uma prece para que ele se acalmasse, mostrava-lhe o crucifixo que as chamas do círio envolviam em pálidos reflexos.

Mas ele parecia não me ouvir e continuava a atirar maldições contra Luís VII e seu senescal, Raul de Vermandois.

— São malditos — gritava o conde de Champagne — e com eles os bispos de Laon, de Senlis e de Noyon!

Pousava suas mãos pesadas em meus ombros, puxava-me para ele.

Lembrava que sempre fora meu defensor. Que eu conhecia a pureza e a bravura de sua fé. Que eu sabia que ele sempre ajudara a ordem cisterciense, não por interesse ou por lucro, mas pela crença.

— O que dizes, Bernardo de Clairvaux?

Sem me dar tempo de responder, ele repetia o relato.

Raul de Vermandois, casado com Leonor, prima irmã de Teobaldo, decidira repudiá-la para se casar com Adelaide de Guyenne, a própria irmã da rainha da França. Três bispos, os mesmos que celebraram seu casamento com Leonor, acabavam de declará-lo nulo. E Luís VII dera todo apoio ao senescal.

Teobaldo se levantou. O choque de suas esporas e da bainha de sua espada ressoou sob as abóbadas da sala:

— E tudo isso porque Luís VII quer desmembrar a Champagne como um lobo ganancioso! Ele inveja minhas terras, meus vassalos, meus servos, meus castelos! Cobiça o ouro de meus cofres, os impostos que recolho!

O conde inclinou-se para mim:

— Ele quer estender o reino da França em todos os sentidos. Mas tu, Bernardo de Clairvaux, tu que exiges a verdade da fé, a pureza da Igreja, como podes admitir que três bispos declarem nulo um casamento que eles abençoaram?

Pareceu-me que as chamas se entortavam nas paredes; era como se eu visse a morte se contorcer em esgares como um possesso.

Tentei acalmar Teobaldo de Champagne, e, depois de acompanhá-lo até a porta da abadia e vê-lo sumir na bruma que cobria a terra gelada, voltei a minha cela e recomecei minha oração, suplicando um sinal do Senhor que indicasse o caminho a tomar.

Mas era só silêncio. E compreendi que Deus infligia-me a provação da liberdade.

Cabia a mim escolher o caminho. Ele julgaria no final da viagem.

Condenei esse Raul de Vermandois e os bispos que se dobravam a seus desejos levianos, desfazendo um casamento abençoado para unir dois amantes adúlteros, encobrindo sob o manto da Igreja o que não passava de repúdio e fornicação.

Escrevi a Inocêncio II. Seu legado, o cardeal Ivo, depois de verificar os fatos, me aprovou.

Eu admoestei os três prelados, que tinham o *status* de príncipes de Igreja, e se submetiam ao senescal:

Está escrito que o homem não separa o que Deus uniu. Surgem homens que não temem desunir contra Deus o que uniram por Deus. E não fazem somente isso, mas, ademais, acrescentam à prevaricação a união dos que Deus não uniu. As leis sagradas da Igreja são feitas em frangalhos, as vestes de Cristo — ó dor, cúmulo da dor! — são divididas pelos que deviam conservá-las intactas...

O papa me ouviu. Excomungou o rei da França e Raul de Vermandois.

Eu tremia. Deitei-me nos ladrilhos da igreja para implorar misericórdia, pois eu pressentia que Luís VII não aceitaria essa sentença sem lutar, e a morte encheria os seleiros outra vez.

Ela começou a colheita quando as tropas de Luís VII entraram na Champagne, pilhando, violando, massacrando os soldados de Teobaldo, sem nunca dar quartel, sem respeitar sequer a trégua de Deus.

Era só carnificina e pilhagem por toda parte, os grasnidos dos abutres e os uivos dos lobos que seguiam os exércitos e eram guiados pela Morte.

Um noite, ouvi gritos não de uma voz, mas de uma multidão de vozes. Mandei abrir as portas da abadia.

Lá estavam lá eles, os feridos, os fugitivos, os apavorados, mulheres com as roupas rasgadas, os corpos sujos, homens cobertos de sangue, pobres que pagavam pelo apetite carnal e a ambição dos grandes deste mundo.

Eles me rodearam. Murmuraram de olhos arregalados de horror:

— O Diabo e os demônios governam o mundo, e as chamas do inferno o devoram.

Aos poucos, soube o que eles presenciaram.

As tropas de Luís VII haviam entrado em Vitry-en-Perthois. Degolaram os defensores da pequena fortaleza, e a população, apavorada, refugiara-se na igreja juntamente com as que fugiram das glebas vizinhas. Era tanta gente que ninguém podia se mexer, nem sequer se ajoelhar:

— Dez, vinte aldeias — sugeriu alguém.

O que talvez chegasse a várias centenas de almas, senão a mais de mil.

— E os soldados puseram fogo na igreja como se fosse uma fogueira.

— Queimaram todos. Os gritos era tão agudos que nos ensurdeceram.

Os camponeses tinham assistido à cena toda, escondidos nos brejos; fugiram quando as paredes da igreja ruíram, vendo a soldadesca dançar em volta dos escombros.

O que fazer, Senhor, como apagar esse incêndio?

Supliquei a Inocêncio II:

A atribulação e a agonia nos rodeiam. A terra tremeu e vacilou sob o exílio dos pobres e o aprisionamento dos ricos. A própria religião foi desprezada e perseguida. O conde Teobaldo, adepto da inocência e artesão da piedade, está cercado de inimigos que fazem das igrejas uma fogueira...

Aguardei a resposta de Inocêncio II e então avaliei o quanto invejavam nossa ordem, quanto queriam reduzir minha influência e a das quarenta e cinco filhas de Clairvaux, que era agora o número das abadias originárias da minha.

De Roma, os monges da abadia de São Vicente-e-Santo Anastácio, uma de nossas descendentes, avisaram-me: caluniavam-me na corte papal.

Chegavam a pretender que eu me apossara da herança do cardeal Ivo, núncio do papa. E Inocêncio II dava ouvidos a esses falatórios.

Ó, Senhor, por que me fazes beber minha miserável vida até a borra!

Escrevi ao soberano pontífice:

Acreditava até hoje ser alguma coisa ou pouca coisa, mas verifico, agora, que não sou nada... Não me tornei sequer um homem de poucos méritos, mas um nada... Por que esse tratamento? Em que eu vos ofendi? Eis que nem ao menos ouso falar-vos dos perigos iminentes que ameaçam a Igreja, do cisma implacável que tememos e das inúmeras desgraças que nos aguardam...

* * *

Eu era como o pedaço de metal que o ferreiro amassa entre a bigorna e o martelo.

O papa me julgava indigno, o rei Luís VII e sua corte acusavam-me de tê-los enganado, de ser a causa da excomunhão que Inocêncio II suspendera por um tempo, e sentenciara de novo.

Enquanto isso, camponeses apavorados vinham me dizer que as tropas do rei da França continuavam a massacrar toda a Champagne, deixando atrás deles montes de cadáveres e rios de sangue.

Era Luís VII, sagrado pela Igreja, que se comportava assim!

Eu precisava falar-lhe, tentar tomá-lo pela mão, levá-lo até o altar para que ele se arrependa e faça a Morte recuar.

Escrevi-lhe:

O clamor dos pobres, e o gemido dos prisioneiros, e o sangue dos mortos chegam aos ouvidos do Pai dos órfãos e Protetor das viúvas... Não vos esforceis inutilmente para encontrar uma desculpa para vossos pecados no conde Teobaldo... Não aceitais suas palavras de paz, não mantendes vossas promessas, recusais os conselhos sensatos... Digo-vos, revoltado, diante dos excessos que não cessais de cometer cotidianamente, começo a me arrepender da loucura que me levou a vos ser favorável em vossa juventude, e estou decidido a só agir, de acordo com os meios mais precários de que disponho, pela verdade... Sois o cúmplice dos que matam os homens, incendeiam as casas, destroem as igrejas, perseguem os pobres, violam e saqueiam...

Tremi enquanto ditava essa carta dirigida ao monarca. Não era o medo que me fazia fremir, mas a apreensão: eu me dirigia ao rei da França, um desses príncipes do mundo que seguram o gládio, um dos soberanos aos quais a Igreja concede sua bênção porque eles devem ser os protetores da cristandade.

Meu corpo doía de imaginar o entrechoque das armas do monarca e do conde, e de tantos vassalos seus. Essa loucura precisamente no momento em que, na Terra Santa, os infiéis, nossos únicos inimigos verdadeiros, atacavam as fortalezas cristãs ao saberem que o rei Foulques de Jerusalém morrera, e sua esposa Melissanda governava o reino, como regente, em nome de Balduíno III, filho do casal.

O Santo Sepulcro estava, portanto, ameaçado. A cidade de Edessa acabava de cair nas mãos dos turcos, novos povos de descrentes que se sucediam, como as ondas do mar, para ocupar a nossa Terra Santa.

E, enquanto isso, aqui mesmo no coração de nossa cristandade, um rei muito cristão incendiava igrejas repletas de fiéis!

Senhor, por quanto tempo Tu deixarás Satã guiar os passos dos homens?

Quis que isso terminasse. Quis, a qualquer custo, a paz entre os cristãos para que se reconciliem os que crêem no mesmo Deus de misericórdia.

Quando o papa Inocêncio II morreu, supliquei a seu sucessor, Celestino II, para que devolvesse a paz: *"Enviai-nos a paz, ainda que não a mereçamos de vossa parte!"*

Mas a morte, por aqueles anos, estava com a rédea solta, como se Deus tivesse desviado a cabeça, deixando-a agir ao bel-prazer, num propósito que só mais tarde vim a compreender.

O papa Celestino II não teve tempo de suspender a excomunhão que pesava sobre Luís VII, pois a morte o levou. Seu sucessor, Lúcio II, faleceu por sua vez após alguns meses de pontificado em que teve de lutar, em Roma, contra a família do Pierleoni, que pretendia se apossar de novo da Santa Sé.

Pobre Igreja, pobre esposa de Cristo!

Eu invoquei sua ajuda ao passo que eu é que devia ajudá-la.

Prediquei, escrevi. Enfim nos reunimos com algumas pessoas — entre elas o bispo Josselin d'Auxerre, e Suger, abade de Saint-Denis — para que a guerra fosse interrompida.

Rezamos juntos na presença do rei, em Corbeil, depois na abadia de Saint-Denis que Suger mandara construir, tão grande e tão ricamente ornamentada que tive vergonha ao ver a exibição de tanto ouro e pedrarias e vitrais coloridos. Ali, era o Senhor dos reis, o Deus imperador que reinava, não o Cristo sofredor que carrega a cruz!

Mas eu olhava os fiéis, tão numerosos que era preciso empurrá-los para fora da igreja, no que o próprio soberano se ocupava. Eles ficavam felizes com tanta magnificência depositada aos pés do Altíssimo. Isso encantava os olhos deles, olhos que habitualmente só viam miséria e andrajos.

E, depois, Luís VII e Teobaldo ficaram lado a lado. A paz parecia reinar outra vez.

Voltei a Clairvaux.

A Champagne, nesse ano de 1145, era um corpo dilacerado com mil feridas ainda sangrando.

As aldeias não passavam de cinzas; as paredes das igrejas não mais se erguiam para o céu, formavam um amontoado de pedras enegrecidas.

A Morte lavrara essa terra e colhera a granel!

Quando me aproximei da abadia, vi monges correrem para mim por entre as lavouras.

Temi que uma vez mais eles me anunciassem um novo flagelo, uma nova morte.

Mas seus rostos estavam radiantes.

Rodearam-me. Falando ao mesmo tempo, eles me disseram que nosso irmão de Clairvaux, Bernardo Paganelli, que fora recebido aqui como noviço e depois se tornara abade de São Vicente-e-Santo Anastácio, nossa filha de Roma, fora eleito papa com o nome de Eugênio III.

Eu me ajoelhei.

Agradeci a Deus por me haver dado um sinal, o mais luminoso, da atenção que Ele dava a nossa ordem.

Ao mesmo tempo, senti que um peso enorme me esmagava, forçando-me a curvar as costas, a dobrar a nuca, como se me acontecesse carregar nos ombros uma cruz tão pesada quanto a do Calvário.

VINTE E DOIS

A cruz que eu carregava era o mundo que começava além dos muros da abadia de Clairvaux.

Todo dia uma carta ou um mensageiro me puxava para fora, mostrava-me o caminho do Calvário, esse mundo onde matavam o próximo, onde pilhavam as igrejas, onde blasfemavam, onde pregavam a heresia, ao passo que eu só desejava rezar em minha cela para expressar meu amor a Deus e preparar-me para encontrá-Lo no silêncio, para efetuar a passagem — já era tempo, eu tinha 55 anos nesse ano de 1145.

Toda vez eu ficava arrasado com a nova tarefa, com outro combate que eu precisaria travar.

Sentia-me impotente desde então, no fim das forças.

A doença me roía, queimava meu peito, sufocava-me.

Mas eu pensava em Cristo, em sua cruz, em seu Calvário, em sua exaustão, em suas dúvidas vencidas por sua fé e determinação.

Foi Ele quem me deu a energia suficiente para ouvir os mensageiros, responder às cartas, pegar a estrada.

Deus queria isso.

Ele me permitira expandir a ordem cisterciense. A abadia de São Sálvio, a quadragésima sexta filha de Clairvaux, acabava de nascer. O papa Eugênio III fora um monge branco e iria enfrentar em Roma os hereges e os ambiciosos que seguiam Arnaldo de Brescia, o ex-aluno de Pedro Abelardo.

Como eu haveria de me esquivar? Como? Se o tivesse feito, ainda ousaria caminhar até o altar para comungar?

A ordem cisterciense era meu gládio. Deus o forjara de puro metal e o afiara. E eu não haveria de usar essa arma para defender a Igreja?

Eu devia carregar minha cruz, subir o calvário, lutar.

Escreviam-me de longe. Por essa notoriedade alcançada, eu avaliava o poder e o alcance da ordem, o peso de minha cruz.

Assim, recebi uma carta de Eberwin, o preboste dos premonstratenses de Steinfeld, na Renânia. Não conhecia o superior dessa ordem, mas ele dizia que lera meus sermões e meus tratados, e não ignorava nada sobre minha atuação para pôr fim ao cisma, impor silêncio a Abelardo e fazer reinar a paz entre os príncipes cristãos.

Eberwin solicitava, pois, minha ajuda. Ele descrevia os homens que invocavam Deus para melhor combater a Igreja. Entre eles, havia cavaleiros e aldeãos, monges e padres. Diziam-se apostólicos, eleitos. Condenavam a Igreja. Rejeitavam o batismo das crianças. Faziam voto de abstinência de carne e de leite. Pregavam a pobreza e, adeptos da castidade, recusavam o casamento.

Em volta deles, porém, vivia uma multidão de mulheres que eles chamavam santas e não eram suas esposas nem filhas, nem irmãs, mas à noite elas iam encontrá-los. Eles proclamavam que os eleitos tinham o direito ao mistério. O que se passava entre eles e essas "santas" mulheres não devia ser revelado.

Muitos dos que os escutavam, que viam como eles viviam, almejavam juntar-se a eles definitivamente, tornarem-se eleitos sem ter de prestar contas à Igreja, aos príncipes, nem a Deus.

Como eu poderia deixar passar uma heresia assim?

Ditei dois sermões condenando esses homens:

Vós é que sois imundos por pretenderdes que há coisas imundas... Só há coisas imundas para os que as decretam impuras... Desgraça a vós que cuspis os alimentos criados por Deus!... Eu também jejuo de tempos em tempos, mas é uma reparação oferecida por meus pecados, e não por uma superstição qualquer. Deus vos rejeitará como seres sujos e impuros!

Acrescentei que suas fornicações eram sacrílegas, que suas "santas" mulheres não passavam de prostitutas: *Ousai revelar o que elas são!*

Soube depois que a multidão de fiéis agarrou dois desses hereges, tirou-os do tribunal diante do qual eles compareciam. A multidão fez uma fogueira com tábuas quebradas, pranchas cortadas, onde precipitou os hereges.

Eles queimaram sem gritar, como se as chamas fossem seu elemento.

O castigo pareceu-me justo e necessário.

Esses aí, não os convencemos com argumentos, pois eles não os compreendem; não os corrigimos por autoridades, pois eles não as aceitam; não podemos dobrá-los pela persuasão, pois são empedernidos. Está provado: eles gostam mais de morrer que de se converter. O que os espera é a fogueira... Melhor forçar os hereges pelo gládio do que tolerar suas devastações.

Rezei pela alma deles e me questionei com dor.

Todo o meu corpo sofria, como se fosse ele que queimava. O castigo dos hereges era também o meu. Eu devia fazer tudo para tirá-los de pensamentos satânicos, para trazê-los de volta à fé pelo gládio espiritual, mas, se o Demônio resistisse neles, então devia feri-los com o gládio material.

Esses dois gládios pertenciam à Igreja:

Um deve ser puxado por ela, pela mão do padre, o outro, puxado por ela pela mão do cavaleiro, mas a pedido do padre e por ordem do imperador.

Assim devia ser a ação da Igreja a serviço de Deus.

Repeti:

Os hereges devem ser combatidos primeiro, não pelas armas, mas por argumentos que destruam seus erros.

Mas, quando eles se obstinam, que o gládio caia sobre suas nucas e que as chamas os consumam!

Esses pensamentos, esses castigos que eu devia prescrever me deixaram exausto.

Minha cruz era mais pesada ainda do que eu havia imaginado. Minhas pernas vergavam sob o seu peso.

Entretanto, eu precisava voltar à estrada, chegar às terras da Aquitânia onde me afirmavam que o monge negro, o beneditino Henrique de Lausanne, discípulo de Pedro de Bruys, pregava ele também a heresia em termos parecidos aos que eu acabava de condenar.

Diziam que ele estava em Bordeaux, em Toulouse, arando os campos, arrastando atrás dele todos os que ele seduzia com os anátemas que proferia contra a Igreja, que ele dizia rica e corrupta, todos os que eram atraídos por uma vida desregrada e, imaginavam eles, repleta dos prazeres de uma depravação desenfreada, sem penitência nem sanção.

Parti para as terras infestadas pela heresia num dia de maio de 1145, e caminhei até Poitiers em companhia do legado Alberico, arcebispo de Ostia, e de Godofredo de Auxerre, bispo de Chartres.

Todos os dias eu dizia a um e outro que esperava que o Verbo me habitasse e, assim, bastasse a minha palavra, sem que fosse necessário ferir com o gládio material. Mas meu cansaço era tão grande que eu duvidava até de poder pronunciar uma palavra.

No entanto, eu precisava pregar.

* * *

Em Poitiers, achei que não podia prosseguir.

Parei por alguns dias e aproveitei essa interrupção forçada para escrever ao conde Saint-Gilles de Toulouse e pô-lo de sobreaviso:

Sei que o herege Henrique não pára de inundar a Igreja de Deus com males infinitos, e que ele se introduziu na região que é sujeita a vossa autoridade como um lobo voraz vestido de pele de cordeiro. Mas é fácil reconhecê-lo por suas obras, como o Senhor nos ensina a fazer. As igrejas estão desertas, as populações privadas de padres, os ministros dos altares são tratados com desprezo e os cristãos vivem sem Cristo.

Tinha a impressão de que cada palavra que eu ditava era uma gota de meu sangue.

Godofredo d'Auxerre, que escrevia meu ditado, observava-me com inquietação sempre que eu fazia uma pausa.

Eu recuperava o fôlego lentamente olhando o céu de primavera, o azul que uma nuvem branca esfumava. O mundo não era somente um Calvário, era beleza também.

Eu continuava:

As igrejas estão vazias de gente. Deixam os homens morrer em pecado e comparecer ao temível tribunal de Deus sem reconciliá-los pela penitência e muni-los da santa comunhão.

Chegam a recusar o batismo aos filhos dos cristãos, privando-os da vida que recebem de Jesus Cristo e a impedi-los de se aproximar do Salvador, ainda que Ele diga com bondade: "Deixai vir a mim as criancinhas."

Fechava os olhos; eu via:

Quantas vezes se viu esse pregador eloqüente, depois de colher durante o dia os aplausos da multidão, passar a noite com prostitutas, às vezes até com mulheres casadas!

Eis a causa de minha viagem e sua finalidade: erradicar do campo do Senhor essa planta venenosa, enquanto nova ainda, e extirpar todos os seus rebentos!

Era preciso que assim fosse e, portanto, eu me levantei. Deus me insuflou essa força que eu acreditava extinta, e retomamos a estrada.

* * *

Cheguei a Bordeaux em 1º de junho de 1145.

O céu e o rio formavam uma só cortina de um cinza-azulado. Prediquei e agradeci a Deus por ter sido ouvido. Os fiéis se reuniram. Esperavam milagres. Toquei paralíticos e cegos com minhas mãos trêmulas. Alguns se reergueram, outros disseram que percebiam a luz novamente.

Falei em tantas cidades que, em minha memória, acabei por confundir Toulouse, Albi, Périgueux, Cahors e Sarlat. Revejo a cor laranja das telhas, o ocre das paredes.

Desafiei Henrique, mas o herege fugiu e seus adeptos se ajoelharam diante de mim e abjuraram a heresia.

Em Toulouse, a multidão era tão compacta que me sufocava, ao tentar arrancar fios da lã de minha capa.

Eu dizia:

— *Não venho a vós de moto-próprio, mas arrasto-me até aqui a chamado da Igreja e por causa de sua miséria!*

Depois eu me afastei em direção aos campos, parando para contemplar as suaves colinas muitas vezes sobranceiras a vilarejos que se comprimiam junto a uma torre quadrada.

Ao entrar nesses pequenos castelos, pressentia a hostilidade dos cavaleiros. Eu pregava, mas eles resmungavam, quando não desviavam os olhos e, às vezes, deixavam-me sozinho nos pátios pavimentados e sombrios em cujo centro jorrava uma fonte.

Eu alteava a voz para que ela os alcançasse nas salas baixas de pilastras aparentes escurecidas pelo fogo das grandes lareiras. Mas eles não voltavam; a heresia lhes convinha. Nela eles encontravam a ilusão de liberdade e esqueciam que, no Juízo Final, tudo seria contado.

Então percorria as ruelas da cidade, chegava à igreja em cujo interior às vezes corriam ou fugiam porcos selvagens de pêlo negro.

Eu sofria com essa humilhação imposta à esposa do Senhor.

Em alguns dias, eu mesmo chegava a escorraçar da nave os animais, limpar o altar, depois subir no púlpito e começar a falar para uma igreja vazia.

Aos poucos — era o milagre do Verbo que me habitava —, os camponeses se aproximavam, juntavam-se, ouviam-me.

Na igreja de Velfeil, um vilarejo onde os cavaleiros me receberam de má vontade, preguei contra essa nobreza cega e atraída pelos excessos. Eu denunciava a cupidez e os grandes abusos dos ricos que oprimiam os que sofriam de fome.

Quando desci do púlpito, os aldeãos me rodearam e pediram minha bênção.

Examinei seus rostos emaciados, cor de terra marrom. Eram humildes como cães arredios acostumados a apanhar. Senti que me bastariam algumas palavras para atirá-los como animais ferozes contra o castelo onde destruiriam tudo com uma raiva sinistra.

Assim faziam os hereges. Mas eu, ao contrário, devia tranqüilizar os pobres, forçar os poderosos a protegê-los e a alimentá-los em tempos de penúria.

A Igreja tinha por missão impedir que as desordens e o ódio inflamassem o mundo.

Voltei a Clairvaux por pequenas etapas, de tão prostrado pelo cansaço.

Estávamos no fim de 1145. Uma tempestade estava se armando. Freqüentemente, breves mas violentos temporais juncavam o chão de galhos partidos, folhas arrancadas e até de árvores derrubadas. Cristais de gelo amontoavam-se nos sulcos e cobriam a terra.

Eu contemplava a lavoura devastada. Ouvia as lamentações dos camponeses. Os telhados de suas casas foram arrancados, seus miseráveis bens arrastados por torrentes lamacentas. Alguns brandiam o punho e maldiziam o Céu.

Eu parava, lembrava-lhes de que a revolta contra Deus era sacrilégio. Eles me ouviam. Ajoelhavam-se e rezávamos juntos. Depois seguia meu caminho.

Mas tinha o sentimento de que um pé de vento poderia dissipar minhas palavras, e a heresia recrudesceria então.

Teria sido preciso que, em cada vilarejo, um padre mantivesse a tropa reunida. E que a todo instante ele mesmo vigiasse contra os lobos. O combate nunca poderia cessar, era preciso estar de olhos e ouvidos atentos. O diabo rondava, fazia esgares, imiscuía-se no aprisco.

Ao chegar a Clairvaux, soube que um dos lobos, o mais cruel, Arnaldo de Brescia, que a Igreja havia escorraçado de suas fileiras e os bispos expulsavam consecutivamente de suas dioceses, encontrara refúgio na Boêmia e seduzira o legado do papa.

Assim, mesmo arrependido, mesmo sumido, Abelardo continuava a espalhar veneno pela voz de seu discípulo.

Escrevi ao legado:

Relatam-me que Arnaldo de Brescia está em vossa casa. Esse homem fala uma linguagem doce para melhor dissimular o veneno que traz dentro dele. Ele tem uma cara de pombo e uma cauda de escorpião. Tem a mestria do mal e a vontade de cometê-lo. Cuidado!

Mas eu sentia que a heresia estava de emboscada em toda parte, na Aquitânia como na Boêmia, nas margens do Reno como nas do Tibre.

O povo romano rebelara-se, instigado pelas famílias poderosas e vorazes. Os palácios pontifícios foram devastados e pilhados, peregrinos extorquidos.

O papa Eugênio III, meu irmão monge branco de Clairvaux, foi obrigado a deixar a cidade e sitiá-la nas esperança de ali entrar de novo.

Diziam que Arnaldo de Brescia estava refugiado em Roma e atiçava a desordem.

Que poderia eu fazer?

Escrevi ao cônsul da cidade de Pedro.

Apresentei-me como um homem vil e miserável, mas que chorava, que gritava de dor.

Minha cabeça dói! Minha cabeça dói!... Eu vos conjuro em nome de Cristo, reconciliai-vos com Deus, reconciliai-vos com vossos príncipes, quero dizer Pedro e Paulo, que expulsastes de seus tronos e de seus palácios na pessoa de seu vigário e sucessor, o papa Eugênio III!

Rezei. Esperei. Agradeci a Deus quando soube que Eugênio III enfim conseguira voltar para sua cidade e preparava-se para celebrar o nascimento do Menino Jesus naquele mês de dezembro de 1145, em sua basílica.

Subi no púlpito.

Natal era o dia da esperança, mas cada um de nós devia lembrar que *o grito da mulher que dá à luz uma criança revela a dor, e os gemidos e vagidos da criança revelam o trabalho.*

Considerareis o trabalho e a dor, disse o profeta: o trabalho de agir, a dor de padecer.

Na nave, eu via os rostos dos monges voltados para mim. Devia lembrar-lhes que *não há ninguém que se possa vangloriar, nessa vida sofrida, de escapar à dupla perseguição do trabalho e do sofrimento.*

Quanto a mim, eu era apenas o mais humilde dos filhos de Adão, sujeito, pois, à mesma penitência, a carregar a mesma cruz, expiando a mesma culpa.

OITAVA PARTE

VINTE E TRÊS

A suavidade da neve imaculada amenizou minha dor naquele início do ano de 1146.

Sentia menos frio. Sem o cansaço que me prostrava, eu podia caminhar por muito tempo nas aléias por entre as lavouras.

Era como se uma espessa coberta de lã, uma ampla capa envolvesse com sua brancura cisterciense as florestas e lavouras, as sebes e os telhados.

Tudo era só silêncio.

De mãos postas, segui nessa natureza petrificada. Pequenos flocos de neve agarravam-se em minhas sobrancelhas. Eu os sentia escorrer em minha tonsura, derreter em meus raros cabelos, e no entanto eu não tiritava de frio.

Rezava; aproximava-me de Deus. Devia resistir ao desejo de me deitar na terra para me enterrar nela.

Experimentava a sóbria embriaguez que o amor de Deus prodigaliza, a fusão com Ele.

Uma vez de volta à abadia, sentia-me tomado pela beleza vertical, sem artifícios, dos capitéis e das colunas, pela pureza das abóbadas, pela nitidez dos ângulos e das interseções, pelo simples rigor das arestas.

Tudo era silêncio na igreja como na natureza; as pedras eram preces, e sua força nua inebriava-me sem me fazer cambalear. Eu pensava nas cinqüenta abadias herdeiras de Clairvaux, nas outras originadas de Pontigny, de Morimond, de La Ferté, em todas as que ainda deviam nascer obedientes à mesma regra, em busca do mesmo despojamento, da mesma austera harmonia. Aqui, em nossa ordem, nada de imagens, nada de ouros nem de pedrarias, nem jóias cintilantes na luz multicor dos vitrais, mas a simples presença de Deus em Sua grandeza mineral.

Nada de resplandecente, nenhuma magnificência: apenas a pedra branca que nos obriga a voltar a nós mesmos.

Como diz o salmo: "A beleza da filha do rei está na alma."

Nesses tempos de neve e de paz, li livros santos, ditei, ouvi Guilherme de Saint-Thierry e Godofredo d'Auxerre, que me suplicavam, ambos, autorização para falar de mim ou divulgar meus escritos.

Guilherme, aliás, começara a fazer o relato de minha vida, e Godofredo a reunir mais de duzentas cartas escritas por mim.

— Acaso estou morto para que me louvem? — perguntei.

Eles protestaram indignados. Era preciso, explicaram, que minha vida exemplar, os desafios que eu superara, a construção da ordem e minha luta contra as heresias fossem conhecidas.

Abaixei a cabeça, de novo senti o peso da cruz em minha nuca e meus ombros.

Eu não escaparia ao mundo.

Deus queria que eu experimentasse até o fim os sofrimentos do Calvário.

E a neve derreteu. A terra não congelou mas cobriu-se de uma lama escura. Então os mensageiros recomeçaram a chegar.

Vinham da Terra Santa. Pararam em Roma e viram o papa.

Eugênio III, que tinha de lutar contra um populacho que Arnaldo de Brescia instigava, pedia-me para pensar no Santo Sepulcro, nos meios de salvá-lo, pois o avanço dos infiéis o ameaçava. Edessa caíra nas mãos de Zangi, o emir de Mossul, e todas as fortalezas e cidades francas da Palestina pediam ajuda. Os turcos alastravam-se e seus exércitos acampavam sob os muros das cidadelas cristãs. Raimundo de Poitiers, príncipe de Antioquia, escrevia dizendo que, sem a chegada de mais cavaleiros, o túmulo de Cristo seria novamente enxovalhado, profanado pelos infiéis. Em Jerusalém, o rei Balduíno III era um adolescente apenas e a regente era sua mãe, Melissanda, uma rainha vacilante.

Pensei nos cavaleiros do Templo, essa nova milícia de Cristo que não podia pôr de lado, eu que presidira a sua criação.

É preciso instigar os fiéis.

Ditei uma carta endereçada a todos os abades, que seria entregue aos copistas para que fosse lida no púlpito:

O Demônio deu origem a uma raça maldita de pagãos, essas crianças perversas que a coragem dos cristãos — diga-se sem vos ofender — há muito tempo vem aturando, escondendo suas perfídias, seus embustes, em vez de esmagar a besta venenosa com o tacão...

Contudo, na expectativa da mobilização dos fiéis, era preciso que os cavaleiros e os príncipes se defendessem na Terra Santa. Ditei uma longa carta dirigida à regente de Jerusalém, Melissanda. Sabia-a desamparada pela morte do esposo, o rei Foulques d'Anjou, porém, é próprio da lei do mundo que *toda carne seja feno, e toda glória seja como a flor do feno...*"

O rei vosso esposo está morto, e o pequeno rei ainda é jovem demais para gerir convenientemente os negócios do reino e cumprir seus deveres de rei; todos os olhares estão voltados para vós e somente sobre vós recaem todas as dificuldades do reino.

É necessário que determineis as coisas com mão firme, e que a mulher em vós se manifeste como um homem, que governe os negócios comuns com ponderação e força.

A rainha Melissanda seria capaz de lutar? Eu concluía:

Vossa missão é grande, mas Deus também é grande, e grande é Seu poder!

Pouco depois, eu soube que Luís VII reunira, em Bourges, uma assembléia dos grandes do reino de França e seus vassalos.

Diante dessa assembléia, o soberano declarou que queria assumir o comando de um exército para partir em cruzada. Fizera voto de defender o Santo Sepulcro e respeitaria essa promessa feita a Deus.

Imediatamente, os vassalos recuaram, abaixaram os olhos, barões e condes, cada um temendo deixar a mulher e os bens.

Até o abade Suger, que construíra uma abadia tão rica e ornamentada como um palácio, desviou a cabeça, ele que se dizia o conselheiro do rei!

Para todos esses covardes, esses matreiros, esses gozadores, esses precavidos, o Santo Sepulcro estava longe demais de suas lareiras, de seus lençóis de seda, de suas esposas ou concubinas!

Então, quando um novo mensageiro do papa chegou a Clairvaux em 1º de março de 1146, e eu li a carta em que Eugênio III me convidava a pregar a favor da cruzada, no lugar e em vez dele, pois ele não podia sair de Roma, fiquei feliz em obedecer.

Promover a cruzada era promover a cruz.

A que eu não parava de carregar.

* * *

Pus-me a caminho para chegar à basílica de Vézelay, onde eu devia encontrar Luís VII, seus vassalos, seus barões, seus bispos, e a multidão de fiéis que os padres do condado de Champagne, do ducado de Borgonha, do reino de França e de mais distante ainda, de todas as dioceses da cristandade, haviam convocado para a assembléia onde eu iria pregar.

Galguei os caminhos sinuosos da Borgonha, segui rios de bordas escarpadas. O fôlego me faltava freqüentemente e eu tinha de fazer uma parada no topo das colinas.

Os monges que me acompanhavam reuniam-se a minha volta, formando uma corola branca, e cantavam, rostos erguidos para o céu instável desse mês de março de 1146.

À medida que nos aproximávamos de Vézelay, escolhida pelo soberano porque essa basílica borgonhesa não ficava muito longe do reino de França, mais densa se tornava a massa de camponeses e de padres, de cavaleiros e soldados, de mulheres e crianças, povo cristão de rostos diversos mas que entoava os mesmos salmos e se persignava à passagem das cruzes que meus monges carregavam.

Chegado ao cume da última colina, avistei a basílica, branca sob o sol, e, convergindo para ela como afluentes de um rio para a corrente maior, dezenas de procissões surgiam dos vales e das orlas das florestas, todas precedidas da cruz.

As vozes se uniam enquanto elas se misturavam numa grande e vibrante aglomeração.

Vi o rei rodeado dos vassalos, escoltado pelos bispos em grandes paramentos dourados. A multidão era tão numerosa que precisou reunir-se na colina de Vézelay. Em torno da basílica já não havia lugar para uma única pessoa.

Era 31 de março de 1146. Galguei os degraus que levavam ao estrado erguido.

Vi a floresta de cruzes oscilando acima de cabeças inumeráveis, e toda a minha fadiga se desfez.

Ergui a mão, e o silêncio se instalou.

Eu disse:

— *Deus o quer, e seu soberano pontífice nesta terra nos ordena: tomemos posse do Santo Sepulcro para sempre! Mas os inimigos da fé estão unidos. E a terra treme. Ela se fende, abrem-se abismos porque os infiéis se preparam para profanar os Lugares Santos, aqueles onde o sangue de Cristo, Nosso Senhor Rei, foi derramado. Está próximo o dia em que os infiéis se lançarão sobre Jerusalém e todos os Lugares Santos, se não nos pusermos a caminho, munidos da cruz, se os exércitos dos fiéis não forem em socorro dos cavaleiros francos da Terra Santa.*

Alguns povos cristãos já estão subjugados, outros foram degolados como cordeiros em abatedouro. Ora, nós somos a cristandade rica em homens corajosos, em cavaleiros, em soldados, em rapazes que podem entrar para a milícia de Cristo...

Abri os braços e fiz uma cruz com meu próprio corpo:

— *Que todos se alistem nos exércitos da cruzada, que eles se ponham em marcha para a Terra Santa! A Igreja protegerá as mulheres, os filhos e os bens dos que se apresentarem. Ela anulará todos os pecados deles, concederá a absolvição, e conduzirá, em nome do Senhor Rei, toda cruzada para a vida eterna!*

Eu me sentia como se me empolgasse o clamor que subia de todas as partes, varria o cume da colina como um vento tempestuoso.

Vi as cruzes se erguerem nos braços esticados e milhares de mãos se estenderem para ganhar as cruzes que costurariam em suas roupas antes mesmo de saírem a caminho.

No estrado que parecia não passar de um frágil caixote vagando num mar agitado, os vassalos, barões e bispos amontoavam-se a meu redor para me comunicar que seriam cruzados, seguiriam o rei, expulsariam os infiéis para bem longe do Santo Sepulcro, de modo que ele nunca mais seria ameaçado.

Eu não podia mais falar nem me mexer, tão vazio de forças me sentia, como se as palavras que dirigira à multidão tivessem acabado de consumir minha vida.

Veio a noite, e outras manhãs vieram.

Peguei a estrada de volta a Clairvaux. Parei em cada igreja, entrei em cada castelo erguido ao longo do caminho, no cimo das colinas.

Experimentava uma sensação estranha. Toda vez que camponeses ou cavaleiros se reuniam a meu redor na nave das igrejas ou no pátio dos castelos, as forças me voltavam e eu dizia:

— *E agora, por causa de nossos pecados, os inimigos da cruz erguem suas cabeças sacrílegas, e suas espadas despovoam a terra abençoada, a terra prometida! E se ninguém resistir, ai de nós, eles vão-se lançar contra a própria cidade de Deus vivo para destruir os sítios onde se realizou a salvação, para conspurcar esses Lugares Santos em que o sangue do Cordeiro imaculado foi derramado.*

Ó dor! Eles querem se apossar do mais sagrado santuário da religião cristã, usurpar o túmulo onde, por nossa causa, nossa vida conheceu a morte.

Eu me alimentava dos olhares que convergiam para mim, extraía de sua atenção a força para prosseguir, para dizer:

— *Que fazeis, pois, homens corajosos? Que fazeis, servidores da cruz? Entregareis aos cães o que há de mais santo, aos porcos as pedras preciosas?*

Desde que o gládio de vossos pais purificou esse lugar da sujeira dos pagãos, quantos pecadores foram ali confessar seus pecados e obter o perdão com suas lágrimas? O Maligno vê isso, ele estremece de inveja, rilha os dentes e bate os pés de raiva!

A multidão de camponeses brandia os punhos, gritava que queria a morte do Maligno. Os cavaleiros erguiam seus gládios.

Eu alteava a voz e tremia ao lançar:

— *Em que estamos pensando, meus irmãos? O braço de Deus estaria curto demais, e Sua mão impotente para salvar esses ínfimos vermes que Ele chama para defender e recuperar um pouco da Sua própria herança? Não poderia Ele lançar mais de doze legiões de anjos...? Ele pode tudo o que Ele quer. Mas eu vos digo, o Senhor vos oferece uma oportunidade... Ele não quer a vossa morte, mas a vossa salvação, a vossa vida!...*

Eles estendiam as mãos. Queriam a cruz. Estavam impacientes para se juntar ao exército de Luís VII que um dia partiria do reino da França para a Terra Santa.

Cheguei a Clairvaux. Nos últimos dias de minha viagem de volta, encontrei grupos turbulentos a berrarem que partiriam em cruzada, mas, nesses bandos desordenados, eu reconheci *celerados, ímpios, ladrões, sacrílegos e perjuros.* Para eles, a cruzada não passava de uma oportunidade para roubar, pilhar, matar.

Mas, se Deus quisesse, alguns deles, apesar de suas intenções criminosas, quem sabe não se salvariam por haver combatido nos exércitos da fé?

Retirei-me em minha cela. Sobre mim, em mim, a fadiga era um bloco de pedra de arestas cortantes que dilaceravam meu peito e partiam meus membros.

Eu ainda precisava prestar contas a Eugênio III da missão que ele me confiara. Ditei em atenção ao soberano pontífice:

Vós ordenastes e eu obedeci. Deus me deu o Verbo para a tarefa que me confiastes. Deu-me a força, e um povo imenso se reuniu.

Abri a boca, falei e logo os cruzados se multiplicaram ao infinito, os vilarejos e os burgos estão desertos. Dificilmente encontrareis um homem para sete mulheres.

Em toda parte só se vêem viúvas cujos maridos estão vivos.

VINTE E QUATRO

Eu sabia que nesse ano de 1146 minha estada em Clairvaux e o repouso em minha cela só poderiam ser breves.

Tanto quanto pude, fiquei rezando de joelhos no silêncio de minha fortaleza de fé e, na abacial, eu ouvia os cânticos que revestiam as paredes brancas e nuas de suas generosas harmonias, mais ricas de cores que todas as tapeçarias, mais raras que as pedras mais preciosas e o ouro mais puro.

Soube que o exército do rei da França começava a se reunir. Entretanto, diziam os monges, vindos de nossas abadias germânicas, nenhum cavaleiro alemão, nenhum vassalo do imperador Conrado III juntou-se a esse exército, nenhum deles parecia querer segurar a cruz.

Será possível que o imperador germânico, o próprio Conrado III cujo irmão era abade de Morimond, uma das quatro primeiras filhas de Cister, não se tornasse cruzado enquanto toda a cristandade dos cavaleiros de pequeno feudo e dos aldeãos pegava a estrada da Terra Santa?

Precisava deixar Clairvaux, ir à Alemanha ver o imperador, exortá-lo a se juntar à cruzada com seus vassalos, para que obedecessem à vontade do papa que falava em nome de Deus.

Caminhei até a Germânia em companhia de dois monges e de Balduíno, abade de Châtillon.

Em cada parada, em cada igreja, em cada castelo, em Reims como em Colônia ou Estrasburgo, nas aldeias e nas cidades, nas sedes episcopais, eu preguei:

— *Dirijo-me a vós, agora, para tratar de assunto de Deus, em quem reside a vossa salvação. Digo isso para que a autoridade de Deus e o pensamento em vosso próprio benefício relevem a indignidade de quem vos fala. Sou muito pequeno, mas desejo grandemente vosso bem, no coração de Jesus Cristo... A terra treme, ela foi sacudida porque o Deus do Céu está em vias de perder Sua Terra Santa que Seu sangue consagrou... Para nós, essa perda que ninguém poderá reparar será, por todos os séculos, uma incomparável dor, mas, para nossa geração, será também uma confusão infinita, uma eterna humilhação...*

As pessoas me ouviam, declaravam sua fé e sua resolução, e, por sua vez, tornavam-se cruzados.

Mas havia aqueles que, cegos ou ávidos — ou homens enganados, conduzidos pelo Maligno —, em vez de atacarem a infidelidade que ameaçava a Terra Santa precipitavam-se sobre as cidades da Alemanha, sobre as casas dos judeus para roubá-las, saqueá-las, matar ou extorquir os moradores, exclamando que esses também eram infiéis, pois tinham entregado Cristo, eram os culpados de Seu martírio e, nos guetos, sacrificavam criancinhas cristãs para lhes beber o sangue!

O arcebispo de Mogúncia diz que essas turbas selvagens eram reunidas e dirigidas por um monge branco, um cisterciense de nome Rodolfo, que pregava dizendo que a cruzada começava aqui mesmo, na Germânia, contra os ímpios, os judeus.

Ameaçados de serem degolados, apedrejados, queimados, os judeus fugiam de suas casas, refugiavam-se nas igrejas, nos palácios episcopais, nos monastérios, enquanto a multidão enfurecida invadia os guetos.

Estremeci de horror à idéia de que um monge cisterciense — ainda que tenha abandonado sua abadia e a ordem — virasse esse ser maléfico.

Pedi castigo para esse *homem sem coração, sem honra, que prega sem ter o direito, que despreza os bispos e justifica o homicídio inútil!*

Eu não queria que matassem os judeus.

Disse:

— *Um dia, eles se converterão e chegará um tempo em que o Senhor descerá sobre eles um olhar propício: pois, quando todas as nações tiverem entrado para a Igreja, por sua vez Israel será salva, mas, enquanto isso, todos os que morrem na insensibilidade estão perdidos para a vida eterna.*

Alguns fiéis replicaram-me com agressividade: os judeus eram usurários; eles escondem bens roubados das igrejas dentro dos seus guetos. Não eram eles os primeiros de todos os ímpios?

Olhei esses rostos maliciosos; eram rostos da inveja e da cobiça. Seu raciocínio fora deturpado pelos sermões desse Rodolfo, que fugira de Mogúncia quando eu cheguei.

Recomecei:

— *Se não me atrasasse, eu poderia dizer que, nas regiões em que não há judeus, sentimos a dor de ver cristãos, cristãos e não judeus batizados, que, em matéria de empréstimos usurários, dariam lição aos próprios judeus! De resto, se for o caso de exterminar os judeus, o que acontecerá, no fim do mundo, com as promessas de conversão e salvação que lhes foram feitas?*

Mas, nos rostos voltados para mim, eu não encontrava nada que não fosse sede de rapinagem, desejo de matar ou de violar. E os judeus é que eram apontados por Rodolfo para se despejar neles todo o ódio que os homens carregam dentro de si quando esquecem o amor de Deus.

Então falei mais alto ainda, e uma vez mais o Senhor me deu o poder do Verbo. Eu disse às multidões reunidas nas naves das igrejas da Alemanha.

— *Esse povo judeu recebeu outrora o depósito de Lei e das promessas, teve os patriarcas como Pais, e o Cristo, o Messias, bendito nos séculos dos séculos, deles descende pela carne. Isso não impede que os obriguemos, segundo a ordem emitida da Santa Sé, a não exigir quaisquer juros dos cruzados...*

Estendi o braço em direção ao rio que corre para Bizâncio e disse:

— *Vamos, e subamos na direção do Sião, ao túmulo de nosso Salvador, mas abstende-vos de falar aos judeus, nem para o bem nem para o mal, pois tocá-los é tocar a menina-dos-olhos de Jesus, porque eles são "seus ossos e sua carne", e Rodolfo esqueceu o que o profeta disse: "Deus me fez saber que não se deve massacrar Seus inimigos, de medo que Seu povo esqueça sua origem." Com efeito, os judeus para nós não são o testemunho e o memento vivo da Paixão de Nosso Senhor?*

Eu devia lembrar-lhes também que, durante a primeira cruzada, um homem, Pedro, o Eremita, arrastara, como Rodolfo, um bando de gente cheia de confiança para longe da rota da cruzada. E já os judeus da cidade da Alemanha sofreram muito com essa loucura.

— *Esse bando morreu quase todo pelo ferro e pela fome. Eu temeria a mesma sorte para vós se procedeis da mesma maneira. Rogo ao Senhor Deus, bendito pelos séculos dos séculos, que vos preserve dessa desgraça!*

Por fim, eles me ouviram, e vi seus veneráveis rabinos virem a mim agradecer ao Eterno por me ter enviado para protegê-los sem exigir deles qualquer compensação.

Disse:

— *Se a lei cristã quer que reprovemos a insolência e o orgulho, ela torna um dever proteger os que se mostram humildes e submissos, sobretudo quando se trata de um povo que recebeu, outrora, como depositário, a Lei e as promessas.*

Mais tarde, uma vez sozinho, ajoelhei-me e agradeci a Deus por me ter dado a força e a ocasião de mostrar Sua misericórdia.

Mas eu não estava na Alemanha para defender os judeus contra os celerados e os sacripantas que se aproveitavam da cruzada para usurpar os bens alheios.

Queria que o imperador Conrado III se aliasse a Luís VII, rei da França, e juntos marchassem para a Terra Santa como uma força invencível.

O imperador recebeu-me em seu castelo de Frankfurt, enquanto os frios nevoeiros de outono envolviam as muralhas da cidade num véu cinza-escuro. O fogo flamejava na lareira, no grande tabuleiro de pedra branca sobre o qual estava talhado o brasão do Império Germânico. A águia de asas abertas, bico pontiagudo, garras recurvadas, parecia-se com o próprio imperador cujas mãos se agarravam aos braços do trono.

Tudo em sua atitude indicava que ele não queria deixar seu império, seu castelo, afastar-se do calor de seu fogo, do doce e embriagante sabor do vinho que ele bebia enquanto me escutava.

Ele ergueu a mão e sacudiu a cabeça, acenando-me assim, sem sequer falar, que recusava se unir à cruzada e que eu devia afastar-me da Alemanha.

Se eu tivesse ouvido somente o meu desejo, teria partido imediatamente para Clairvaux. Suas paredes de branca austeridade, seu silêncio e, de repente, os cantos que se elevam como um buquê de vozes ofertado a Deus faziam-me tanta falta que, no meio da noite, quando dormitava, eu acreditava estar em minha cela.

Mas logo despertei com ruídos de passos, vozes roucas. Os mensageiros dos bispos da Alemanha traziam-me o apelo de tantas igrejas e cidades que queriam que eu fosse pregar a cruzada a seus fiéis, que renunciei a meu mais caro desejo. Deus queria assim...

* * *

Percorri as estradas da Alemanha sob os temporais e o vento que anunciavam o inverno.

Parei em todas as cidades das margens do Reno, e nas dos arredores do lago de Constança. Os fiéis se aglomeravam. Deus emprestava mais força a minha voz. Aclamavam-me. Queriam me tocar, me carregar. Juravam que iam defender o Santo Sepulcro. Queriam cruzes, reuniam-se em torno de um cavaleiro que guiaria a tropa.

Nessas últimas semanas do ano de 1146, pareceu-me que o povo germânico se erguia a despeito do imperador e seus soldados.

Depois, quando soube que Conrado III reunia todos os seus vassalos em Espira para assistirem a seu coroamento, decidi comparecer também.

A cada passo que eu dava para chegar ao palácio em Espira, senti que o povo de fiéis que me acompanhava era levado pela fé.

Dir-se-ia que um forte vento soprava e inflava meu peito quando subi ao púlpito no dia 27 de dezembro, e estendi os braços na direção de Conrado III, interpelei-o e intimei-o, diante da assembléia dos capítulos, a obedecer à ordem divina de assumir o comando da cruzada do povo germânico, visto que Deus lhe concedera a graça de sagrá-lo imperador, o que implicava deveres de reconhecimento e o Altíssimo velava pelo cumprimento deles.

Abri os braços e vi Conrado III baixar a cabeça, ajoelhar-se, persignar-se e dizer em voz forte:

— Não sou um ingrato. Estou pronto a servir a Deus!

Então eu o abençoei, e gritei, pois o vento da fé deu longo alcance a minha voz:

— O imperador toma a cruz!

E foi um imenso impulso de fervor. Os vassalos se comprimiam em torno do soberano para lhe jurar fidelidade, e logo se prontificavam a segui-lo. Entreguei a cruz a esses nobres barões, e a Conrado o estandarte de seu exército.

* * *

Eu obedecera ao papa, executara minha missão divina, pusera a cristandade em cruzada.

Só me restava rezar pela vitória dessa segunda marcha de fiéis para o Santo Sepulcro.

VINTE E CINCO

Eu percorri os caminhos da Alemanha, da Champagne, da França e da Borgonha durante o friíssimo inverno de 1147.

Saíra de Espira em 3 de janeiro e queria chegar o mais depressa à abadia de Clairvaux.

Mas a estrada só é reta no céu.

Portanto, precisei fazer desvios e paradas, com o coração apertado à idéia de que me distanciava ainda mais de minha cela, do silêncio e da comunhão amorosa com Deus. E, ao contrário, de que precisava enfrentar a multidão de fiéis que, em Colônia, Aix-la-Chapelle, Worms, Coblença e, mais longe ainda de Clairvaux, em Liège, Cambrai, Valenciennes, Guise e, finalmente, Reims, me aguardavam para me ouvir pregar contra a heresia ou exortar à cruzada.

Depois, eu saía dessas cidades e, no que transpunha suas muralhas, o vento glacial novamente me cortava a pele, penetrava meu peito como a ponta de uma flecha.

Isso me deixava sem fôlego. Eu parava, cabeça baixa sob o capuz da capa, para tentar recuperar a respiração, e pensava que isso ainda aconteceria por muitos dias de caminhada antes de me ajoelhar no silêncio de minha cela.

Em 2 de fevereiro, cheguei enfim a Châlons. Já não estava mais sozinho: jovens cavaleiros que queriam vestir o hábito branco da ordem juntaram-se a mim pouco antes de minha entrada na cidade.

Eles formavam uma tropa entusiástica e me cercavam como para me proteger do vento. Eu gostava dos cantos que entoavam, de suas vozes juvenis. Pareciam uma revoada de pássaros migratórios que atravessa o céu para retornar ao lugar de origem.

Eles decidiram nascer de novo em Clairvaux.

A presença deles anulava meu cansaço e dava-me forças para convencer, para ordenar.

Pois foi em Châlons que me encontrei com Luís VII, o rei da França.

Ele sabia que, entre os noviços que me aguardavam rezando na capela, estava seu próprio irmão, o príncipe Henrique, que até então fora o arcediago de Saint-Martin de Tours.

O monarca olhou-me com respeito e suspeição. Senti que ele me temia como se afinal tivesse compreendido que eu detinha um poder maior que o dele, mas que não se media em feudos nem em posses, nem em homens de armas, nem em vassalos.

Disse que vinha de Reims onde me ajoelhara ali onde são Remi batizara Clóvis, primeiro rei cristão, cuja herança e fé, portanto, ele, Luís VII devia defender.

Eu estava preocupado com o atraso do exército da cruzada.

Ele me afirmou que reuniria seus cavaleiros e soldados, mas desejava estabelecer um itinerário de marcha preciso, para que suas tropas não fossem aniquiladas, guerreando na estrada durante todo o percurso, como ocorrera na primeira cruzada. Ele queria que nos encontrássemos de novo em Étampes, em 16 de fevereiro, quando reuniria seus vassalos e os bispos. E ainda precisava organizar o governo do reino da França durante sua ausência.

Prometi-lhe que estaria presente.

Então ele me pediu em tom humilde que zelasse por seu irmão Henrique, que escolhera voltar para Cister.

Disse que são Martinho velava por ele, assim como a alma de são Remi e a de Clóvis protegeriam o rei da França.

Depois, saí de Châlons com meus noviços e parti para Clairvaux.

Não direi de minha alegria ao rever os muros brancos de minha fortaleza e conduzir a nossa abadia os sessenta noviços que dariam uma nova seiva a nossa ordem.

Agradeci a Deus.

Ele me queria mostrar que, justamente quando eu era constrangido a deixar a abadia pelo calvário do mundo, Ele não esquecia Clairvaux nem sua ordem. E, enquanto eu temia enfraquecer Clairvaux com minha ausência, Ele me oferecia uma messe em recompensa e me obrigava a lembrar que o Senhor jamais abandona os que O servem e O amam.

E como eu O amava!

Não direi, pois, de minha tristeza em deixar esse lugar de amor e de silêncio para ir a Étampes para o concílio que o rei da França presidiria e, em seguida, a Frankfurt para a assembléia do Império.

Mas eram encargos necessários e, quando me encontrava no meio dos bispos e dos vassalos do rei ou do imperador, eu já não era somente o monge branco, mas o abade que fora o mestre de um jovem noviço que se tornou o papa Eugênio III, o representante da ordem cisterciense que agora contava, em suas diferentes ramificações — a de Pontigny, a de

Morimond, a de La Ferté e a de Clairvaux, filhas mais velhas de Cister —, com mais de 150 abadias.

Quando eu falava, quando eu dizia ao rei da França que, em sua ausência, o abade Suger devia governar o reino, quando repetia aos condes e aos duques germânicos que eles deviam combater nas fronteiras orientais do Império os pagãos — eslavos e lusácios — que se atiram contra as portas da cristandade, como outrora os bárbaros se despencavam sobre o Império Romano, eu era a voz de todas as abadias, da Igreja inteira que carregávamos nos ombros em todos os lugares da cristandade, como se nossos corpos unidos constituíssem suas vigas mestras.

Fui a Trier e a Paris, a Verdum, e novamente a Trier. Estávamos na primavera de 1147. Em junho, a pretexto de celebrar a ressurreição, Eugênio III transpôs as portas de sua abadia de Clairvaux.

Eu estava ajoelhado entre os monges para receber aquele que aqui nascera para a fé plena e que Deus escolhera como o soberano que O representaria neste mundo.

Eugênio III, meu monge Bernardo Paganelli, de quem eu me recordava dos primeiros passos em nossa abadia, ergueu-me, estreitou-me contra si, e senti sua alegria tão intensamente que chorei diante desse sinal que Deus me enviava, dessa tiara que Ele depositara sobre nossa ordem como para testemunhar Sua atenção.

Naquele dia, na tênue beleza de junho, nossos coros foram os mais fervorosos que jamais ouvi sob nossas sóbrias abóbadas.

Deixei a abadia em companhia de Eugênio III e, em Paris, junto à colina de Santa Genoveva onde jaziam os corpos de Clóvis e Clotilde, no meio da multidão, o exército de Luís VII reuniu-se numa grande movimentação de cavalos e homens de armas tão numerosos que a poeira levantada encobria o sol.

O papa benzeu o exército e entregou ao rei a auriflama, o saco de pão e o sino do peregrino.

E o soberano e seu exército puseram-se em marcha.

Que Deus os proteja!

Dias mais tarde, após um efeito chamejante que avermelhou os campos, chegou o inverno.

Com Eugênio III, retomei as estradas de volta à Alemanha, pois uma torrente de pagãos derramava-se sobre o Império e era preciso barrá-la.

Era outra cruzada que eu devia pregar para defender a cristandade contra um novo inimigo.

O calvário nunca terminaria...

De volta a Clairvaux, no novo ano de 1148, eu recebia diariamente funestas notícias da Terra Santa.

Os cristãos do Ocidente e do Oriente estavam divididos. Os cavaleiros germânicos de Conrado III foram dizimados em vales estreitos e asfixiantes, em Doriléia, perseguidos e cortados em pedaços pelos cavaleiros turcos que, leves e ágeis, davam voltas em torno dos soldados imobilizados nas armaduras. Em seguida foi a vez de o exército de Luís VII ser derrotado em Laodicéia; para não ser destruído, deixou que fossem massacrados todos os peregrinos desarmados que o haviam seguido!

Deus nos castigava. Deus queria que sofrêssemos. Deus queria que abaixássemos a cabeça, a nuca, os ombros sob o peso da cruz.

Queria que o amássemos mais infinitamente ainda na adversidade e que implorássemos Sua misericórdia.

O que fiz todos os dias.

NONA PARTE

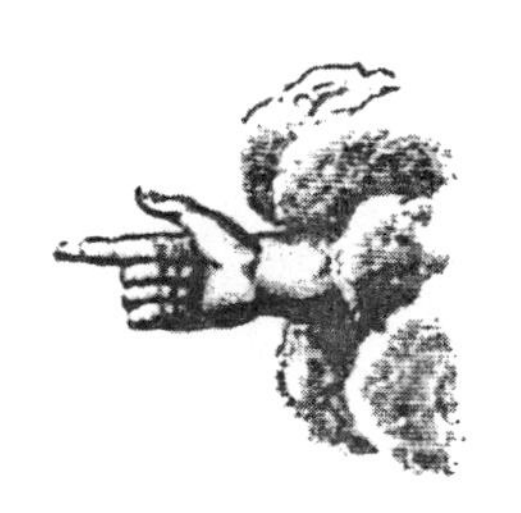

VINTE E SEIS

Escutei de mãos postas o cavaleiro que trazia no peito a cruz da ordem do Templo.

Ele chegava da Terra Santa e seu rosto emaciado tinha a cor ocre do deserto.

Já sabia os nomes das derrotas sofridas pelos cruzados, mas há uma distância entre a palavra escrita e a voz. O cavaleiro mantinha-se de pé diante de mim, na sala capitular que a penumbra invadia pouco a pouco. De modo que seu corpo, envolto na obscuridade, desaparecia lentamente, deixando ver apenas reflexos de metal que me faziam adivinhar seus ombros, suas mãos cobertas de manoplas, a grande lâmina de duplo gume do seu gládio.

Sentia frio. Não conseguia dominar o tremor de meus lábios e dentes. Apertava as mãos com tanta força que elas doíam.

O que me gelava não era o inverno precoce, mas a voz do cavaleiro, colérica e forte.

Cada palavra era uma estocada que ele me dava. Eu tinha a impressão de ser um dos cruzados, cavaleiros germânicos ou franceses cujo sangue corria na terra sagrada, as gargantas cortadas, os corpos retalhados pelas cimitarras, as couraças perfuradas pelas flechas dos turcos de Nûr al-Din. E eu queria que minha agonia terminasse como esses combatentes vencidos devem ter desejado vendo suas mulheres — pois havia mulheres com eles! — violadas, destripadas, e seus filhos — pois havia filhos com eles! — transpassados por espadas.

Ajoelhei diante do cavaleiro, do qual já não distinguia os traços nem o corpo, mas cuja voz falava da derrota de Luís VII, rei da França, e de Conrado III, imperador do Sacro Império Romano-Germânico. Reencontraram-se os dois em Jerusalém como peregrinos, preocupados apenas em sair o mais rápido possível da Terra Santa, que o sangue de seus vassalos, seus cavaleiros, seus homens de armas encharcara.

E, como eles, sentia-me vencido, eu que pregara a cruzada, eu que não os impedi de ir com suas esposas e todo o séqüito que as acompanha —, e os soldados imitaram os príncipes, levaram com eles mulheres da noite, esfarrapadas e oferecidas. E era essa tropa que queria combater os infiéis, afastá-los do Santo Sepulcro, enquanto ela própria era sacrílega!

Mas agora, dizia o cavaleiro, eles acusavam Bernardo de Clairvaux e o reprovavam por ter enviado à morte tantos cristãos para um combate tão reles, uma derrota tão atroz, um desastre tão grande. E ele me fez uma lista dos mortos em que o último era Raimundo de Poitiers, príncipe de Antioquia.

Ajoelhei-me e fechei os olhos.

O cavaleiro se aproximou e se inclinou para mim.

Cochichou que, durante todo o caminho de volta, em Roma e nas abadias onde ele encontrara abrigo, murmuravam que o culpado era eu. E, dizia ele, na Cúria ou nos capítulos, os que acusavam mais ferrenhamente eram todos aqueles que se incomodavam com a regra, que eram tentados a rejeitar a austeridade, a pobreza e o trabalho, que queriam desfrutar do poder da ordem cisterciense e da nova riqueza das abadias.

Não ignorava nada disso. Havíamos dado nascimento à sexagésima primeira abadia filha de Clairvaux, a de Aude-Pierres, e alguns monges brancos, meus irmãos, que viam seus domínios se estenderem, seus celeiros se encherem de colheitas mais fartas a cada ano, sonhavam com o toucinho, a carne gorda, com o creme e o vinho. E alguns, com mulheres.

Também não me surpreendi de me acusarem do desastre da cruzada, de se vingarem assim do rigor que sustentei, recrudesci até, pois eu sentia que o mundo inteiro se envilecia, que as clareiras se estendiam e o grão transbordava dos alqueires, o gosto dos prazeres se expandia e os homens esqueciam as exigências de Deus.

E era a mim, o miserável abade, que queriam crucificar para impedir de pregar, que queriam furar os olhos para que não vissem os perigos que ameaçavam a Igreja e a própria ordem.

Levantei-me. Não me deixaria acusar assim! Não seria eu o bode expiatório que eles matam para lavar as mãos em seu sangue!

Deus queria que cada um tivesse sua parte.

Ditei uma carta destinada a Eugênio III em cujo nome eu pregara a cruzada.

Não me lancei nesse empreendimento por acaso, mas por vossa ordem, ou melhor, por ordem de Deus.

Porém, aceitaria o castigo, a acusação, pois *os julgamentos de Deus são justos.*

Hesitei em prosseguir. Não queria esquivar-me, mas também precisava dizer como esses barões, esses homens de armas, esse rei e esse imperador haviam procedido.

Queria gritar-lhes a verdade, admoestá-los, obrigá-los a ver os erros que cometeram.

Que me odiassem ou me matassem, pouco me importava!

Murmurei — lembro-me de cada palavra e as repito hoje, muito mais minhas do que foram há quatro ou cinco anos:

Eu considero grande aquele que a desgraça pode ferir sem que ele se afaste o mínimo que seja da sabedoria; considero igualmente grande aquele que a fortuna pode adular com sorrisos sem seduzi-lo. Parece-me, porém, que mais facilmente encontraríamos um sábio que continue a sê-lo no infortúnio do que um sábio que ainda o seja no sucesso.

Por mim, coloco na primeira fila, como maior entre todos, aquele que a fortuna pode tocar sem que isso transpareça, ainda que num tom menos natural do riso ou da linguagem, ainda que num cuidado mais afetado com a vestimenta ou a atitude.

Mas onde estavam esses grandes que permanecem humildes?

Teriam esquecido que a morte sempre leva o vivo, e que terão de comparecer arrastando atrás de si os farrapos de sua glória e sua fortuna, as evidências de seus banquetes e os testemunhos de seus deboches?

Quanto a mim, Deus me feriu naqueles tempos para que eu sempre me lembrasse de como é tênue o fio que tece a vida.

Morriam os meus. Irmãos e irmã já haviam partido. Guilherme de Saint-Thierry e meu amigo Malaquias, o arcebispo irlandês, seguiram atrás. E, alguns meses mais tarde, foram-se dois abades de Cister, um em seguida ao outro. E Suger, o abade de Saint-Denis. E o conde Teobaldo de Champagne. E Conrado III. Isso foi no ano passado, 1152.

Eu corria atrás da desgraça como para melhor esquecer esses meses de dor em que, de dedo em riste para mim, ainda me pediam que explicasse por que a cruzada terminara em desastre.

E eu precisava me defender de novo. E tinha a impressão de não ter mais forças.

* * *

Recolhi-me, cabeça baixa, queixo encostado no peito, para que o fogo da dor que me corria o peito se transformasse em fonte de palavras.

Era preciso. E, durante esses anos, escrevi o tratado *Sobre a consideração* que tinha dedicado a Eugênio III para que o soberano pontífice soubesse o que eu pensava da sangrenta derrota dos cruzados, do estado da Igreja e dos deveres do papa.

Pois que ele me ouvisse, esse monge de minha ordem de quem eu guiara os primeiros passos muito antes de ele se tornar o sucessor de Pedro!

Estais colocado à frente da Igreja para velar por ela, protegê-la, ter cuidado com ela e preservá-la. Comandar para servir... Resguardai-vos, vós que sois homem, de dominar os homens, pois a injustiça é que vos dominará... Deveis consagrar vossa missão à conversão dos infiéis, à fé, impedir que os convertidos retornem ao estado anterior e trazer de novo os que a ele retornaram...

Interrompi meu ditado, deixei minha cela para tentar dar alguns passos pelo nosso domínio. Mas, pelo que me recordo, o vento continuava frio, o sol encoberto, a chuva gelada, a terra encharcada.

As estações eram assim: hostis.

A heresia levantava novamente a cabeça. O bispo de Poitiers, Gilberto de La Porrée, um homem tido como sábio, que passava a vida a ler e comentar os Livros Santos, perdia o rumo. E arcediagos vinham me cochichar o que La Porrée pregava: que Deus não era Deus, que podíamos não acreditar na Santíssima Trindade.

Precisei combater outra vez, pregar em Reims onde Eugênio III reunira um concílio, lembrar que *Deus é aquele de quem tudo procede, por quem tudo existe. De quem tudo procede por criação, não por geração. Por quem tudo existe não só como autor, mas também como ordenador. Em quem tudo existe não em um lugar, mas virtualmente...*

Mas, pela primeira vez em minha vida tão longa que eu já perdera de vista a origem — tantas paisagens e momentos atravessei desde minha entrada na abadia de Cister! —, tive a impressão de não ser ouvido. Que

Gilberto de La Porrée tinha cúmplices demais entre os bispos, e até na Cúria romana, para que concordassem em condená-lo.

Ele só precisou mexer os lábios para fazer com que acreditassem que renunciava a seus propósitos, que também pensava como eu — ele repetia minha própria frase: *que a visão mais perfeita é a que não tem necessidade de nada além de si mesma para ver o objeto que lhe convém e para dele tirar seu contentamento* —, e desistissem de condená-lo.

E vinham me contar que, no dia seguinte ao concílio, ele continuou a pregar seus princípios heréticos.

Consternado, voltei para Clairvaux.

Ajoelhei em minha cela. Deus queria punir-me fazendo sentir os limites de minha ação? Queria forçar-me a dobrar a espinha, eu, que com vaidade e até em êxtase, às vezes repetia: *Dizem que sou mais papa do que o papa!*

Senhor, não passo de um miserável monge, tão fraco e indefeso em Tuas mãos!

Tem piedade de mim, Senhor!

Orei.

Aquele foi um tempo duro de suportar. Parecia que minha própria vida teria fim.

Para me castigar por meus pecados, o Senhor parecia ter esquecido Sua misericórdia.

Ele agira da mesma maneira com os cruzados, quando os castigou por suas desavenças, seus deboches, seu orgulho. Eles foram derrotados no deserto, foram mortos pela espada, pela flecha, ou pereceram de fome e sede.

Deus deixou que eu fosse acusado desse desastre.

E deixou que Gilberto de La Porrée propalasse seus erros.

* * *

Orei.

Disse:

— *Prefiro ouvir os murmúrios dos homens erguerem-se contra mim a erguerem-se contra Deus!*

De bom grado, assumi as reprovações, as blasfêmias para que elas não chegassem até Deus.

Senhor, gosto que me queiras utilizar como Teu escudo.

Não recuso ser desmerecido desde que a glória de Deus não seja atacada!

VINTE E SETE

Durante toda minha tão longa vida — mais de sessenta anos agora —, ardi no fogo da doença que sempre esteve incubada em meu peito e que muitas vezes abrasava meu corpo com um calor selvagem.

Senti a fadiga e o esgotamento a ponto de só poder andar na abadia apoiando-me nas colunas, nos espaldares do coro.

Eu escutara os passos da Morte se aproximarem e vira o brilho de sua foice ceifar as vidas ao meu redor.

Mas nunca havia sentido um cansaço igual, um abatimento tal, como se eu estivesse enterrado sob uma camada de terra fina e cinzenta que penetrava em todos os meus poros, cobria meus olhos, enchia minha boca, impedia-me de respirar e de falar em voz alta e clara, obrigando-me a murmurar cada palavra arrancada dessa terra impalpável, desse pó a que meu corpo em breve estaria reduzido.

Sussurrei:

— Sinto-me morrer.

Nunca havia pronunciado essas palavras. Tive a impressão de que elas me abririam a porta da passagem. Elas me foram inspiradas por Deus para me prevenir.

Não senti medo algum, mas, ao contrário, um sentimento de gratidão e de paz.

Estava no fim do caminho. O mundo tornara-se um caminho onde eu me feria a cada passo, onde cada dia me trazia uma torrente de golpes desleais.

Nicolau, o monge que eu escolhera para ficar perto de mim e escrever meu ditado, em que depositara toda a minha confiança, visto que viera a nós, cistercienses, e trocara seu monastério e seu hábito negro pela nossa capa branca, pois bem, descobri que ele me traíra, utilizando meu selo para timbrar suas cartas pessoais como se fossem minhas, e depois fugira levando manuscritos e peças de ouro, sem esquecer, é claro, meu selo!

Ele agiu comigo como Judas com Cristo e revelou-se pelo que ele era.

Preveni os abades, os bispos, o próprio papa do uso que Nicolau fez de meu selo. Mas a Eugênio III eu escrevi: *Não quero sujar meus lábios e vossos ouvidos com detalhes das torpezas dele.*

Deus o castigaria quando chegasse a hora.

Alguns meses mais tarde, soube que o haviam detido e sentenciado ao silêncio perpétuo num monastério.

Assim eram os homens, tão freqüentemente possuídos pelo Demônio, fossem eles monges e mesmo monges brancos, aldeãos ou reis.

Mas, enquanto escorria sobre mim essa terra cinzenta, essa poeira que me faz as vezes de mortalha antes da mortalha, ainda me solicitavam como se eu tivesse anos de vida pela frente e forças inesgotáveis.

Como esquivar-me, como deixar que um de meus monges, Henrique, irmão de Luís VII, eleito bispo de Beauvais, fosse ameaçado de guerra pelo próprio irmão? Henrique tivera a coragem de abolir um imposto cobrado dos bispos em benefício dos senhores vassalos do rei e, naturalmente, Luís VII apoiava os últimos.

E eu recorri ao papa, denunciei esse rei cristão que, visto que os infiéis o derrotaram, se apressava a deflagrar uma guerra contra seu próprio irmão. Ou ainda, por razões igualmente sórdidas, contra o duque de Anjou, Godofredo, o Belo.

Consegui impedir essas novas guerras fratricidas que feririam a Igreja e a enfraqueceriam ante os fiéis. Condenei o gosto do lucro que consumia os homens, inclusive os mais titulados e até os abades e bispos.

Com minhas últimas forças, pretendi escrever a vida de Malaquias, esse santo homem, meu amigo irlandês:

Desde o dia de sua conversão até o fim da vida, ele viveu sem nada de seu, sem serviçais, sem propriedade rural, sem terras, sem nenhuma remuneração eclesiástica ou laica, mesmo quando foi investido no episcopado... Quando partia para pregar o Evangelho, ia a pé, mesmo como bispo ou legado. Ele era verdadeiramente o herdeiro dos apóstolos...

Chegara perto desse santo? Fui indiferente à riqueza e à glória, mas terei sabido resistir à vaidade, ao orgulho que alimenta o poder?

Em minha enxerga, em minha cela gelada, fracamente iluminada por uma vela, eu ainda me enchia de alegria ao saber do nascimento de novas filhas de Clairvaux — a sexagésima sexta era a abadia de Moureilles.

Mas Deus talvez julgasse que minha alegria não era pura, que eu experimentava um contentamento suspeito de saber que era eu quem encarnava as cento e sessenta abadias de nossa ordem e ainda era solicitado a pregar e assumir a frente da terceira cruzada para vingar o desastre da segunda?

Fui a Chartres onde se realizava o concílio que Eugênio III convocara para decidir montar uma nova tropa que partiria para a Terra Santa.

Confesso: senti que já não havia em mim a força para pregar nenhuma cruzada. E, no entanto, eu estava a postos se Eugênio III assim ordenasse.

Mas a ferida do insucesso ainda estava muito aberta para que realmente, depois de tão pouco tempo, o soberano pontífice, o rei Luís VII ou o imperador Frederico Barba Ruiva, sucessor de Conrado III, desejassem enfrentar os novos perigos de uma longa viagem, antes mesmo dos perigos do combate.

E quando o capítulo de Cister considerou que dar início a uma nova cruzada seria uma aventura insensata e decidiu que eu não devia pregá-la nem conduzi-la, agradeci a Deus por me poupar de mais essa provação.

Voltei para Clairvaux.

Sabia que a morte estava em mim, ela me espreitava. Quanto tempo ela ainda me deixaria ser este invólucro de carne, este pensamento que eu concedia à meditação sobre o sentido do batismo e do martírio, esse último valendo pelo primeiro quando a fé imbuía o supliciado, *pois, sem fé, o que é o martírio senão um mero suplício?*

Talvez fosse o efeito da poeira que aos poucos me recobria, mas eu olhava minha vida e o que eu havia feito com um distanciamento, uma serenidade que me surpreendiam.

Eu subia ao púlpito, pregava a meus irmãos com uma voz que talvez já não os alcançasse, mas eles se esforçavam para ler minhas palavras em meus lábios.

Dizia-lhes:

— *Conhece tua própria medida. Não te deves rebaixar nem te engrandecer, nem te esquivar nem te exibir. Se queres conservar a medida, fica no centro. O centro é um lugar seguro: é a sede da medida, e a medida é a virtude... O afastamento geralmente implica exílio, extensão, ruptura, elevação, queda e profundidade, afundamento.*

Avança, pois, com precaução nessa consideração de ti. Sê intransigente para contigo. Evita, quando se tratar de ti, o excesso de complacência e de indulgência.

Que não haja, sobretudo, nenhuma fraude em teu espírito!

É preciso que a partilha seja leal: a ti o que é teu; a Deus o que é de Deus e sem má-fé!

Acredito inútil persuadir-te de que o mal provém de ti e o bem é coisa do Senhor.

VINTE E OITO

Cumpri minha última viagem, minha derradeira ação, na primavera de 1153, o sexagésimo quarto ano de minha vida.

Teria gostado de esperar pacientemente a chegada da morte, o fim de seu trabalho em mim, a desagregação de meus membros transformados em terra, poeira aglomerada às vésperas de virar pó.

Mas o arcebispo de Trier irrompeu em minha cela e suplicou que eu fosse com ele até as margens do Mosela para acabar com a matança a que se entregavam o duque Mateus de Lorraine e o bispo de Metz, cegos de paixões malignas. Milhares de corpos já haviam sido jogados no rio ou abandonados à voracidade dos lobos e dos corvos que bicam os rostos.

* * *

Cadáver de mim mesmo, parti arrastando meus ossos e minha mortalha de pele. Rezei durante todo o trajeto para que Deus não me abandonasse nessa hora, que Ele me concedesse a graça de voltar para morrer em minha cela e ser inumado em minha abadia, diante do altar da Santa Virgem.

Senti como se o Altíssimo me lançasse um desafio: se eu conseguisse restabelecer a paz entre o bispo e o duque, Ele saberia mostrar misericórdia para com o pobre monge que eu era.

Pedi que me deixassem numa ilha do Mosela e ali eu os ameacei com os raios do Senhor, exigi que o bispo e o duque fossem ao meu encontro e ficássemos sozinhos sob o olhar de Deus.

Compreendi que minha força residia em minha fraqueza.

O homem de armas e o clérigo, o homem de força e homem de fé ficaram ambos alarmados ao verem os ossos que perfuravam a pele, meus olhos encovados como os de uma caveira.

Disse-lhes:

— *Falo em nome de Deus. Pois bem: logo vou juntar-me a Ele e relatarei nosso encontro. Direi a Ele que me escutastes e pusestes fim a essa matança de cristãos. Direi a Ele se firmastes a paz, e de que maneira.*

Eles se entreolharam, depois se ajoelharam diante de mim. Prestaram o juramento de depositar as armas.

Soube que estava morrendo em minha cela.

Era verão. A poeira, em mim, em meus olhos, em minha pele, em minha boca, era escaldante.

Um mensageiro debruçou-se hesitante e murmurou que o papa Eugênio III, meu noviço, meu monge branco, meu irmão de Clairvaux, meu soberano pontífice, fora-se, fazia um mês, em 8 de julho de 1153.

Já era mais que tempo para mim.

Fiz um aceno: quero escrever minha derradeira carta, dizer o que ia em mim a Arnaldo, abade de Bonneval.

E depois eu me calaria; deixaria a poeira me cobrir, os olhos velados pela cinza, pelos milhares de pontos cinzentos que se juntarão para me separar do que é a vida.

Não vou ditar. Quero que meus últimos gestos sejam aqueles da escrita. E que, assim, o que me resta de energia fique gravado no pergaminho e aí permaneça como o último traço de minha existência.

Recebemos, meu caro Arnaldo, vosso testemunho de afeição com afeição. Não posso dizer com prazer.

O que sobra para o prazer quando a amargura quer tudo para ela?

Se ainda me resta algum prazer, é o de não mais comer.

O sono me deixou para que a dor não me deixe nunca, nem mesmo em atenção ao momento em que eu perdia a consciência.

A fraqueza de meu estômago é o maior de meus males. Dia e noite, continuadamente, ele exige ser aliviado com um pouco de líquido e não pode suportar o menor alimento sólido. E esse pouco que ele quer muito aceitar só o ingere com uma terrível dor, mas teme uma bem pior se ficar vazio. Se por acaso ele se permite um pouco mais, é atroz.

Meus pés, minhas pernas estão inchadas como as de um hidrópico.

E no meio de tudo isso (não esconderei nada a um amigo preocupado com o estado de seu amigo), segundo o homem interior (sou louco por dizê-lo), o espírito está disposto na carne doente.

É minha hora de partir!

Reze a nosso Salvador — que não quer a morte do pecador —, para que Ele não retarde minha viagem, mas a tome sob Seus cuidados.

Encarregai-vos de proteger com vossas preces meu registro despido de méritos. Assim, a serpente que me espreita não poderá achar onde dar sua mordida.

Escrevi eu mesmo esta carta, doente como estou, para que pela letra à mão bem conhecida tu reconheças minha afeição.

Se Deus quiser, e Lhe suplico isto, amanhã, 20 de agosto de 1153, será o dia de minha morte.

EPÍLOGO

Era um dia do segundo ano do terceiro milênio.

Eu me sentei ao abrigo do vento, no claustro da abadia de Sénanque, diretamente no chão de grandes blocos de pedra que os monges brancos, discípulos de Bernardo de Clairvaux, gastaram a passos lentos ao longo dos séculos.

O frio aguçara a luz desde a aurora invernal. Ela ofuscava, porém, como um reflexo, sem esquentar o corpo.

Eu tinha até a sensação de que essa claridade cortante, esse branco insolente que brincava nas pedras desenhando os arcos da colunata, gelava ainda mais o vento.

Ali onde eu estava, costas apoiadas na parede, só a ponta de sua lâmina me atingia e, no entanto, ele me feria.

Essa luz solar, esfuziante, esse frio insuportável exprimiam a tensão que eu sentia desde que terminei este terceiro volume e fiz calar-se em mim, em 20 de agosto de 1153, há apenas poucos dias, a voz de Bernardo de Clairvaux, a que eu tentara emprestar as palavras, a violência, a força e as fraquezas.

Viajei, pois, em torno destas três colunas — Martinho de Tours, Clóvis e Bernardo de Clairvaux — que o padre V., na tarde de um sábado, 27 de outubro de 2001, assegurara-me que eram o sustentáculo do edifício da fé em nosso país.

Disse o que aprendi de suas vidas.

Falei de sua conversão, de sua fé.

Disse como eles amaram a Deus, como rezaram, como pregaram e como, apesar de separados por séculos de permeio, entrelaçaram fio a fio essa trama cristã, antes que os outros tantos que vieram depois continuassem a missão, tecendo a França, filha mais velha da Igreja.

Contudo, ao final deste terceiro volume, quando o abade de Clairvaux ainda era Bernardo — pois só seria canonizado em 18 de janeiro de 1174 por uma bula do papa Alexandre III —, eu temia que houvesse um abismo entre Martinho, Clóvis, Bernardo e o que eu traduzira de sua fé.

Um afastamento tão grande, tão doloroso como entre a luz que corria ao longo da colunata e o frio glacial que eu sentia.

Faltara-me expressar um calor solar e, para isso, talvez me bastasse murmurar uma frase:

"Eles acreditavam no amor de Deus e eu partilho de sua crença. Eles a transmitiram e quero como eles defendê-la e difundi-la, e assim manter vivo um dos corpos da França."

Não a escrevi e sinto frio.

Acompanhei o percurso da luz no claustro dessa abadia, uma das cento e sessenta e sete — número impreciso, provavelmente menor do que terá sido — abadias da ordem cisterciense, a de Bernardo de Clairvaux.

Que sabemos nós, hoje, da alegria e do sofrimento que essas pedras vivas transmitem? Como pretender penetrar o mistério de suas semeaduras, de seu brotamento, de sua floração em todas as clareiras da cristandade, se não nos ajoelhamos, se não amamos a Deus?

Vistos daqui, dessa luz que não me esquenta, dessa energia gelada que me oprime, Martinho, Clóvis e Bernardo não passam de sombras que mal discernimos num passado tão remoto que se torna indistinto.

É verdade que, se os séculos os separaram, também a mesma fé os uniu. Clóvis se ajoelhou no túmulo de Martinho; Bernardo recorda os dois.

Até o meado dessa escura floresta que é o século XX, ainda sabíamos quem eles eram.

De Gaulle, eu me lembro, escreve em *Le Fil de l'épée* [O fio da espada]: "É graças ao machado de Clóvis que, após a queda do Império, a pátria tomou consciência de si."

E, contemplando de Colombey-les-Deux-Églises as matas escuras que se estendem no horizonte, Malraux relata esta impressão e as palavras do general:

"Provavelmente são Bernardo percorreu como ele essa imensidade deserta do inverno: Clairvaux fica abaixo de nós. Ele me disse uma frase surpreendente vinda de quem veio (mas que talvez exprima um de seus pensamentos secretos): 'São Bernardo era indiscutivelmente um colosso. Seria um homem de coração?'"

* * *

Sei que ele era. Basta-me olhar esta abóbada, estes arcos, este claustro, imaginar cada uma das abadias cistercienses, todas as pedras ordenadas, a elevação mineral, para saber que, sem coração, sem fé, nada disto teria nascido, não se teria mantido.

Mas o frio está aqui, continua a me dominar.

Levantei-me, andei contra o vento que se lançava em rajadas por entre as colunas e rodopiava sob a abóbada.

Lembrei-me do que Patrice de La Tour du Pin escreveu em *La Quête de joie* [A busca da alegria]: "Todos os países que não têm mais lenda estarão condenados a morrer de frio."

Era por isso que eu tiritava? Talvez eu tenha seguido o conselho do padre V. e descrito esses três pilares de nossa fé somente para devolver um pouco de lenda a nosso país, para reaquecê-lo?

Saí de Sénanque.

Atravessei a Provença onde o vento cinzelava cada cepa, cada cipreste, cada recorte de pedra, cada campanário.

Cheguei no dia seguinte à abadia de Thoronet e me dirigi para o altar.

De que adianta a lenda sem a fé?

Sob a abóbada nua, a luz, penetrando por três aberturas, irrigava o bloco de pedra, a mesa sagrada.

Hesitei.

Então me lembrei deste *Sermão sobre a Ascensão* de Bernardo de Clairvaux e ouvi sua voz tal como eu a imaginara:

Enquanto nossos corações ainda estão divididos e estamos no entremeio, muitas sinuosidades permanecem em nós, não possuímos a perfeita coesão.

É, pois, um após o outro e, de certa maneira, membro após membro que, até que a união seja perfeita nessa Jerusalém, devemos nos elevar a uma altura em que a solidez venha de todos participarem da própria consciência de Deus.

Aí, não só cada um, mas todos igualmente começam a habitar na unidade; não há mais divisão nem entre eles mesmos, nem entre si.

Rezei.

"Que este seja o fim do livro,
mas não o fim da pesquisa."
SÃO BERNARDO

Impresso no Brasil pelo
Sistema Cameron da Divisão Gráfica da
DISTRIBUIDORA RECORD DE SERVIÇOS DE IMPRENSA S.A.
Rua Argentina 171 – Rio de Janeiro, RJ – 20921-380 – Tel.: 2585-2000